TAKASHI FUKUTANI

LE VAGABOND DE TOKYO

RESIDENCE DOKUDAMI

LE LEZARD NOIR

Legend - Dokudami-So Densetsu by Takashi Fukutani

Japanese edition published in 2006 by Seirinkogeisha Inc., Tokyo
French translation rights arranged with Seirinkogeisha

Édité par Stéphane Duval
Traduction du japonais : Miyako Slocombe
Maquette : Charlotte Boutreux   Layout : nokydesign@gmail.com
Remerciements à Mitsuhiro Asakawa, Mari Fukutani et Kazutaka Satō

Le Lézard Noir, BP 294, F-86007 Poitiers Cedex lezardnoir@wanadoo.fr . www.lezardnoir.org

Reproduit et achevé d'imprimer en septembre 2009 par l'imprimerie Oudin à Poitiers

TAKASHI FUKUTANI

LE VAGABOND DE TOKYO

RESIDENCE DOKUDAMI

LE LEZARD NOIR

BIOGRAPHIE

Photographie : Kazutaka Satô

JEUNESSE

Mai 1952, lors de sa première cérémonie.

La résidence Okada, où il vivait à l'époque Kôenji (photo prise en décembre 2000).

1952 - an 27 de l'ère Showa

Naissance le 4 février à Saidaiji, dans la préfecture d'Okayama. Nom véritable : Takahisa Fukutani. Ses parents divorcent alors qu'il est enfant. Sa petite sœur est prise en charge par sa mère, tandis que Takahisa reste sous la garde de son père. Ses parents se remarieront tous deux chacun de leur côté. L'éducation administrée par son père, de retour du service militaire, est très stricte.

1958 - an 33 de l'ère Showa (6 ans)

Entre à l'école primaire Saidaiji. Appréciant peu les études, il préfère lire des mangas chez lui plutôt que jouer dehors, et a pour lectures favorites *Tetsuwan Atomu* [*Astro Boy*], ou encore *Tetsujin 28 gô* [*Tetsujin 28*]. Il fréquente aussi les boutiques de prêt de livres du quartier. Il se met à dessiner lui-même, et acquiert rapidement dans le quartier une réputation de bon dessinateur de mangas. Ses parents travaillant tous les deux, sa grand-mère s'occupe de lui. Au cours de sa dernière année de primaire, il rend visite au peintre Beru Kushida, qui habitait Saidaiji, pour lui montrer ses mangas. Ce dernier lui conseille d'aller à Tôkyô, où se concentrent les maisons d'édition. A partir de cette époque et jusqu'au lycée, Takashi souffre d'obésité.

1964 - an 39 de l'ère Showa (12 ans)

En avril, entre au collège de Saidaiji. Vers la fin de sa première année, son père est muté et il déménage avec lui à Danbara, Hiroshima.

1967 - an 42 de l'ère Showa (15 ans)

Après son entrée en avril à la section design du lycée annexe à la faculté technique de Hiroshima, son père décède subitement en août d'une hémorragie cérébrale. Takashi reste

TAKASHI FUKUTANI

LE VAGABOND DE TOKYO

RESIDENCE DOKUDAMI

Ce livre est publié pour la partie manga dans son sens de lecture original japonais.
Les cases sont inversées et se lisent de droite à gauche et de haut en bas.
Certaines onomatopées faisant partie intégrante du dessin n'ont intentionnellement pas été traduites.

Prologue
YOSHIO ET TAKASHI

Printemps 1978
À cette époque, moi, auteur de Dokudami, je vivais tant bien que mal en proposant une ou deux histoires par mois à diverses maisons d'édition
Ahhh, il faudrait vraiment que je signe pour un feuilleton ...
En plus j'ai un gros retard de loyer ...
Et puis ça serait bien d'avoir le téléphone, c'est nécessaire pour mon métier ...
Le genre de mangas qui cartonnerait aujourd'hui, ça serait ...

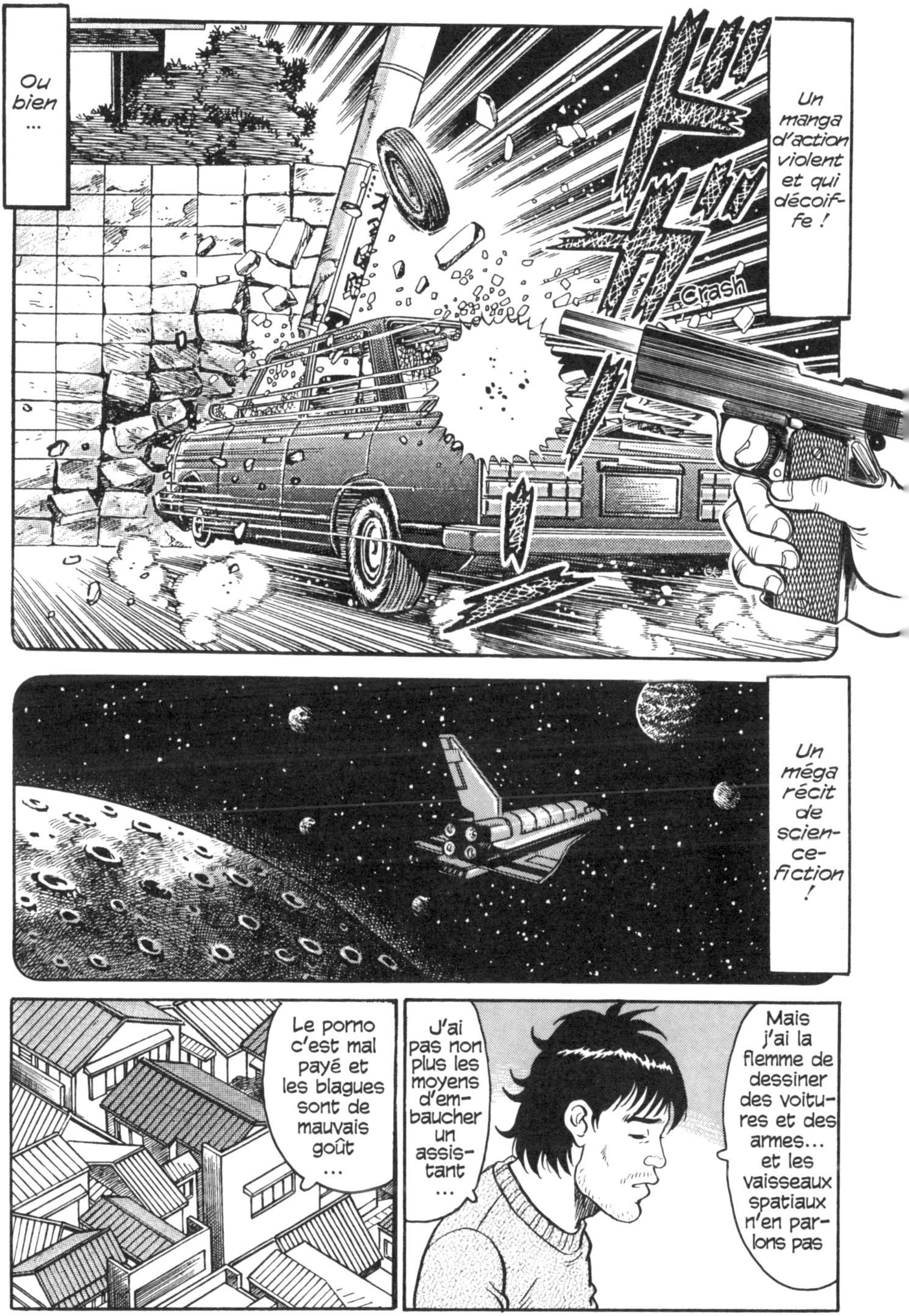
Ou bien ...
Un manga d'action violent et qui décoif-fe !
Crash
Un méga récit de science-fiction !
Mais j'ai la flemme de dessiner des voitu-res et des armes... et les vaisseaux spatiaux n'en par-lons pas
J'ai pas non plus les moyens d'em-baucher un assis-tant ...
Le porno c'est mal payé et les blagues sont de mauvais goût ...

Un genre qui m'irait, ça s'rait ...
... mmm ...
Ha ha, "Résidence Dokudami" !? C'est drôle comme nom
どくだみ
Je me souviens avoir monté les marches de cet immeuble comme si j'étais attiré par quelque chose
Peut-être que les locataires aussi sont bizarres ...
Mais qu'est-ce que c'est que ça, c'est encore plus délabré que chez moi
crac
Ouah !
crac !
Aïe aïe aïe ...!

Aah, j'ai eu peur !
Crii...
Mm ......!
...
Ben c'est inoccupé ?
Crac...
Personne ne doit habiter dans un endroit pareil... ça a dû être évacué pour démolition...

Qu'est-ce que tu fais dans ma chambre ?
Ouah !
C'est... c'est un malentendu ! Je... je ne suis pas un rôdeur...
J'ai trouvé le nom de la résidence amusant, ça m'a intrigué, et... euh...
Je m'appelle Takashi Fukutani, je suis auteur de mangas, si l'on peut dire...
Takashi Fukutani ? Jamais entendu parler
Yoshio Hori, 22 ans à l'époque
Tu dessines quoi comme mangas ? Porno ? Grotesque ? Absurde ?
C'est un projet qui vient d'être refusé... tu veux regarder ?
Voyons voir
Oh là, mais c'est lugubre, tout ça
Comment tu veux vendre un truc pareil de nos jours
Ah tu penses aussi...?

Eh, tu voudrais pas faire un manga sur moi !?
Hein ? S… sur toi !?
Ouais ! Les émotions et les rires doux-amers d'un célibataire en ville !
Chronique singulière et agitée d'une jeunesse bouleversante, entre plaisirs et mélancolie !
Ça, ça va plaire !
…
Des mecs comme moi, y en a un tas ! Ils se sentiront sûrement concernés !
Tu… tu crois …?
Ça me paraissait un peu vieillot, mais je me suis dit que si ça se trouve, ça pouvait marcher…
Et, après avoir dessiné sa vie de manière réaliste, la rassemblant en plusieurs épisodes, je suis allé voir une maison d'édition …
週刊
劇画タイムス
毎週金曜日
月刊

Et ça a marché !!
一週間をユカイに生きる!
anga for men
週刊漫画TIMES
5/5
200円
独身アパート
どくだみ荘
By 福谷たかし
期待の大型新人堂々デビュー!!
Je ne vais pas m'en plaindre, mais
Yep, grand maître, t'es là ?
Clac
Hé hé, je t'ai encore apporté de bonnes histoires pour tes mangas !
Tu me les achètes, hein ?
Depuis il vient toujours me réclamer de l'argent pour les "frais de concept" (!?)
Il va bientôt y avoir une adaptation cinématographique, mais tel que je le connais, il va sûrement demander des frais de modèle exorbitants (Bouh...)
Ah... c'est que... pour cette fois-ci... euh......

Fin

サン・イズ・シャイニング その一
SUN IS SHINING 1
Glup...

Dans un quartier fortement peuplé, à une bonne distance de la gare d'Asagaya, sur la ligne Chuô...
とんかつ
Il y a un immeuble portant le nom singulier de "Résidence Dokudami"
ぱたぱた*
阿佐谷
どくだみ荘
C'est une résidence tellement pourrie que, si survenait un grand séisme, il n'en resterait plus rien

*Flap flap

W.C
◎カベにクソをつけるナ
◎新聞紙でケツふくナ!
ちゃんと流せ!
*On tire la chasse ! - On met pas de merde sur les murs - On s'essuie pas avec du papier journal
Cela peut paraître invraisemblable pour une personne vivant en province, mais dans la capitale, on ne peut pas dire qu'un loyer de 12000 yens soit cher
Soit dit en passant, le loyer est de 12000 yens pour un quatre tatamis et demi* avec petite cuisine...
*Au Japon, la surface des pièces se mesure en tatamis.
Rroh
Yoshio Hori (26 ans) ; ses parents se seraient creusé la tête pour trouver ce nom dans l'espoir qu'il devienne un homme généreux et populaire
Et dans cette résidence pourrie, il y avait un homme qui s'obstinait à vivre, telle une mauvaise herbe, depuis près de quatre ans !
ほ
ええかげんに
家賃払え
オーコラ!
おおや
*Paye le loyer, bordel ! - le proprio -
Son nom...

Hmm ?
C'est la chambre 3, transportez tout ça délicatement, les gars
C'est un laissé-pour-compte qui dans la vie a loupé le départ
Ouaaahhh !
Ni job, ni thunes, ni nana
Clac
チャッ
Y a quelqu'un qui emménage ?
Grat grat
ドカ
ドカ
ドカ
ドカ
Bom
ドカ
!!
Merci beaucoup ! Je m'occupe du reste…
Une télé, un lit et une chaîne stéréo… mais quel genre de type ça peut être ?
バタン!
Vlan !

Clac
Une... une femme !?
Non, une femme dans cet immeuble pourri... !?
crac ...
Pff, y a encore du boulot ...
Pas le choix, allez hop !
... !!

Euuuuh
Sss...
ススス...
Aaaahhh !
Mais ça va pas ! Vous m'avez fait peur
Sa... salut !
Je suis Yoshio Hori, de la chambre 8, célibataire !
Moi c'est Miko Natsuki, enchantée !
Vous avez beaucoup d'affaires quand même, c'est du boulot pour une femme seule ! Vous voulez que je vous aide ?
C'est vrai ? Oh merci !!
C'est la première fois que j'habite un quatre tatamis et demi... Vous pourriez me conseiller dans l'aménagement ?
Ha ha, ah ben ça ! J'ai quatre ans d'expérience dans la vie à quatre tatamis et demi !
Et ouais !
Chez vous, c'est comment ? Vous me faites voir, pour avoir une idée ?
Je... je pense pas que ça vous aidera beaucoup...

Hé hé hé, j'ai vendu tout ce qui pouvait faire du fric, alors mon unique bien c'est mon futon
On ne peut pas dire qu'il y ait grand chose... et puis... ça sent une drôle d'odeur
Vous pensez que je pourrais mettre toutes mes affaires dans un espace aussi étroit ?
Pas de problème ! Moi aussi au début, j'en avais autant
Vlan !
Bon on va commencer par étendre ce tapis
D'accord
Le lit ça va être là
La chaîne je voudrais la mettre ici
Ouf, on a enfin terminé
Ouais, on a réussi à tout rentrer

On n'a vraiment pas l'impression que cette chambre fait partie du même immeuble
Hi hi, c'est vraiment sympa, un quatre tatamis et demi, rien de mieux que cet espace carré
grat grat
Dis, tu m'emmènes aux bains publics ? Je suis en sueur
Ah... ouais !
あさがや 浴場
ゆ
C'est ici, ben qu'est-ce qui t'arrive ?
En... en fait je...

C'est la première fois que je vais aux bains publics, je sais pas pourquoi, mais ça m'angoisse, je suis gênée...
Hein !? C'est pas vrai, c'est une blague ?
C'est la vérité, il y avait une baignoire là ou j'habitais avant
Je ne sais pas comment on fait
Ha ha ha, d'abord tu payes 220 yens au bonhomme de l'accueil
Quoi !? C'est un homme à l'accueil !? Quelle horreur !!
C'est pas possible !
Ça... ça ira, tu sais il est impuissant, les femmes l'intéressent pas...
Bon d'accord, je prends mon courage a deux mains et j'y vais
Fais-moi signe quand tu sors
Mikooo, n'oublie pas de fermer ton casier a clef !
Essaye pas de mater !
白… 80円
オロC… 100円
ヤクルト… 35円
コーラ… 85円
◎びん代 ¥10円

(C'est dans l'imagination de Yoshio)

Ça te dit d'aller boire un coup dans un oden* ?
Oui
*sorte de pot-au-feu, souvent servi dans des restaurants ambulants
C'est des bulles d'air qui sortent de la baignoire, ha ha ha ha !
Ah c'était ça, j'suis bête, la honte
J'y crois pas
clac clac
Ouah, la classe, c'est moderne ! C'est donc ça, un resto ambulant ?
おでん
C'était mon rêve, tu sais, de dire "Sers-moi un verre !", hi hi
Ha ha ha, ça aussi, c'est la première fois ?
Vous venez du nord, mademoiselle ?
Oui, de Hokkaidô. Ça n'existe pas là-bas
チュ
slurp
J'ai été émue, la première fois que j'ai vu un de ces restos ambulants, en débarquant a Tôkyô

Hein, dis donc
Tu t'es trouvé une copine bien mignonne, Yoshio
Bom bom
Ha ha ha ha, une copine, mais qu... qu'est-ce que tu racontes ... !
N'importe quoiii !
L'alcool de ce soir était vraiment délicieux, et je ne sais pas pourquoi, je me sentais comme l'envie de remercier Dieu
Hips ! ça va ?
Hips ! Oui, par contre j'ai envie de faire pipi
Hein, qu'est-ce que t'as dit !?
Je peux pas me retenir, fais moi des-cendre, hips !
At... attend un peu !
Voilà, ici ça ira, y a personne
Dis, moi aussi ça me donne envie, ha ha ha ...
Hips ! Fais-toi plaisir, ça fait du bien
Fshhh

AKAI
MUSIC SPOT
佐和子
COFFEE
大衆酒場
太郎吉
Hi hi ! Nos pipis se rejoignent pour couler ensemble !
Ha ha ha, c'est la première fois que je pisse avec une fille
Ça te dit de reboire dans ma chambre ? Tu as de l'alcool, non ?
Ou... ouais, ok, buvons à ton déménagement !!
Goutt goutt
Je vais chercher l'alcool
Oui, et puis de quoi grignoter !
Tu veux grignoter mes coucougnettes ? Ha ha je rigole !
Clac
Ouf...
Sourire

Je crois bien avoir acheté des capotes par erreur à la place de clopes au distributeur ...
Le printemps est là pour moi aussi !
ズキン
ズキ
Ce... ce n'est pas un rêve !
Ah ! au fait !!
prout
Frrt frtt
Hé hé hé, je vais déjà en mettre une !
Le... le voilà, le brillant planning familial !!
Tu... tu veux peut-être t'allonger un peu ?
Hips, je crois que je suis ivre
Clac
Hé hé
J'suis lààà

Glou
glou
Ha ha ha, vas-y, je t'en prie !!
Oups ... !!
Sluurp
Je veux dormir sur tes genoux... hips
Ou... ouais, entendu, fais dodo tranquille-ment, ha ha ha ...
Hein ?
Tu sais ...
Quand on me réveille pendant mon sommeil, ça me met de très mauvaise humeur. Alors surtout, laisse-moi dormir...

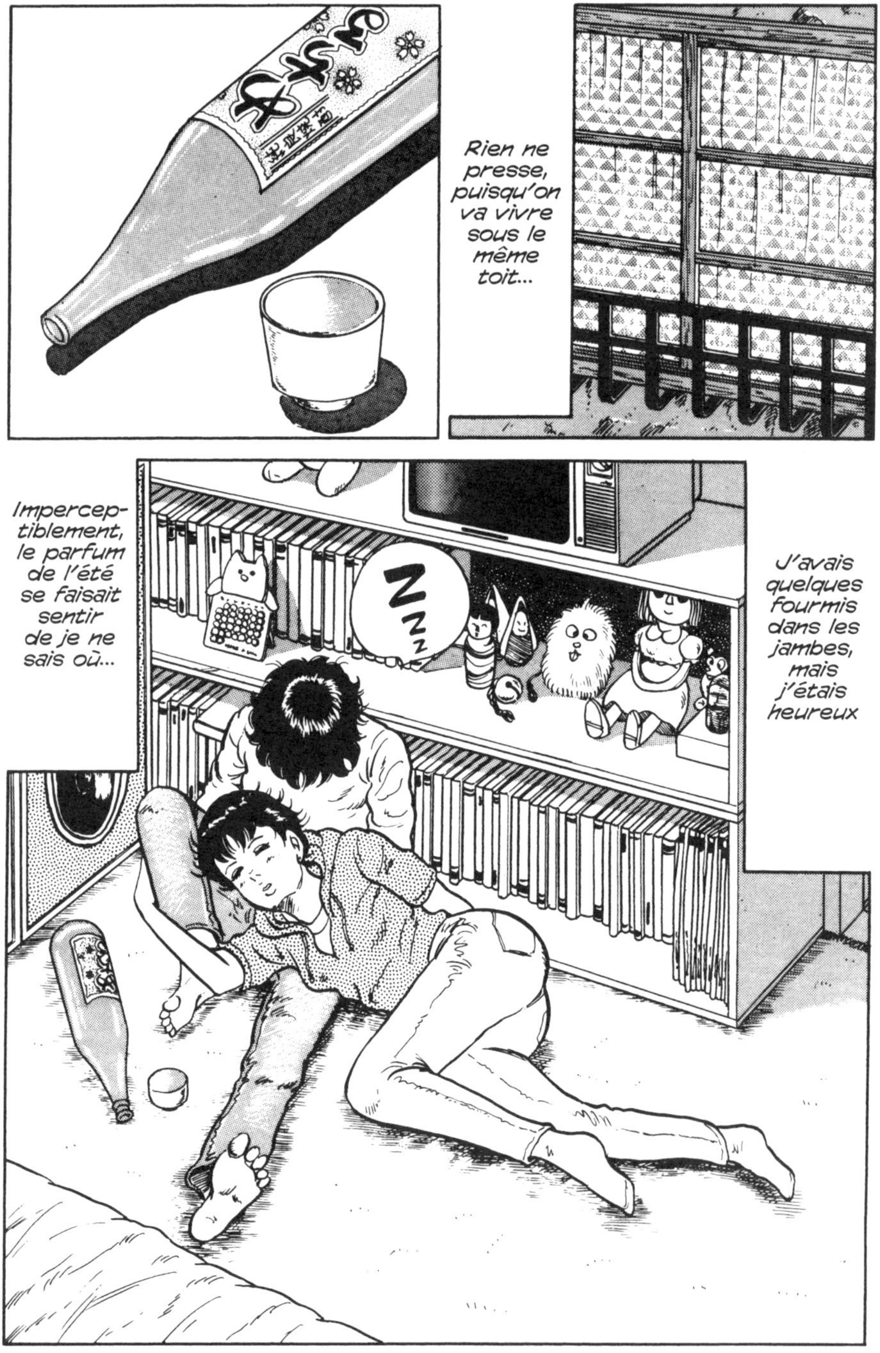
Rien ne presse, puisqu'on va vivre sous le même toit...
Impercep-tiblement, le parfum de l'été se faisait sentir de je ne sais où...
ZZZ
J'avais quelques fourmis dans les jambes, mais j'étais heureux

SUN IS SHINING 2
サン・イズ・シャイニング その二

Yo... Yoshio, viens vite !!
Haa
Haa
Haa
Vi... vite... !
Je... je viens ! Miko !!

ジリリリリ
Driiiiiiiiing
がばっ
ジリリリリ!!
Qu-qu-qu'est-ce que c'est !?
ジリリリリ
Un... un rêve...
Tchac !
S... saloperie de... !
ガチャン!!
Clang !!
Ouf...
Drii....
バラッ!!
Ouaahh !

C'était juste quand même, encore un peu et je concluais avec Miko
Raide raide
Encore un de cassé, pff je venais de me l'acheter …
Ah, mais au fait… c'est aujourd'hui que je commence un job à la journée
Vlan
バタン!
べんじょ
Trique du matin
C'est en allant pisser
Que ta vie s'achève
Hé hé
Flic floc
Hé hé, est-ce qu'elle dort encore ?
夏木美子
Et si je jetais un oeil…
Ouaaah !!

haa
haa
haa
Oh, elle s'est retournée ! Y a... y a ses poils qui dépassent !
Pouss' pouss'
Je... je rebande !!
Ça c'est du bon !
Mikooo haa haa
Ouaaah !!
Vous faites quoi, m'sieur Hori ?
Kkkh, vous étiez en train de vous branler en regardant chez mademoi-selle Miko
Tu... tu m'as fait peur ! Salaud !!
Daisuke Rokuda (20 ans) – le voisin d'à côté
Sourire

Que diraient vos parents s'ils vous voyaient comme ça...
Fous-moi la paix !!
Clac
Fwaah... C'est quoi ce boucan, dès le matin ?
Ah ! Miko !
Ha ha ha, c'est ta lessive ?
Tac !
Oui ! Je vais tout mettre au pressing, pour pas m'embêter
Même tes T-shirts et tes jeans ?
Oui, et mes culottes aussi
Tes... tes culottes aussiii !?

Ha ha ha, je vais vous montrer, allons-y !
ぐいっ
!!
Vous... vous savez, a Tôkyô, il existe quelque chose de très pratique, c'est la laverie automatique
Ouoooh des culottes ! Des culottes tachées !
presque patho-logique
Ah oui...
Argh !
Miko et moi, on est intimes au point d'avoir pissé ensemble !!
Elle a même dormi toute une nuit sur mes genoux, alors te crois pas tout permis !
Koff, koff
Ha ha ha ha, tu sais, je connais une bonne laverie automati-que !
L'un ou l'autre je m'en fiche, mais dépêchez-vous

Le job était complètement sorti de ma tête
Qu'est-ce qu'il fait beau !
Oui, ça donne envie d'aller à la mer
Tiens, si je m'achetais un nouveau maillot de bain
Il paraît que cette année, la mode est aux maillots dégagés jusqu'aux hanches.
Faut se raser les poils !
…
サラリーローン
10日で1割 格安!!
地獄金融
阿佐谷北
3-7-21
Je savais pas qu'il existait quelque chose d'aussi pratique
Les jours de pluie, il suffit d'utiliser ce sèche-linge
洗濯30分
乾燥15分
コインランドリー
温水使用
大型乾燥
Il fait chaud ici, tu veux pas qu'on aille dans un café ?
Tu peux te faire voler tes vêtements si tu gardes pas un oeil dessus

Yasuo Tanaka
Hé hé, comme c'est peu fréquenté ici, on peut facilement voler, surtout les petites culottes
Référence au politicien et auteur du roman à succès Nantonaku Kurisutaru, Yasuo Tanaka.
Ah oui…
Ha ha ha, ça… ça veut pas dire que c'est moi le voleur ! Voyons…
À mon avis, tant que la machine tourne, y a pas de risque, ha ha ha ha
…
Un peu plus loin, y a un café où ils ser-vent des pains grillés à volonté !
珈琲
卑弥呼
HIROKO
À partir de ce soir, je vais travailler chez "Pony", le bar devant la gare, viens boire un verre
Ah oui, super, j'irai !

Au... au fait, Miko, est-ce que... t'as un petit copaiiin ?
Ah ha ha, mais non, j'en ai pas !
Heiiin c'est vraii !? Ah bonn ! Ha ha ha, j'y crois pas !
J'aime pas me sentir enchaî-née ...
Je t'enchaînerai jamais !!
ガタン!!
Bam !
Hein ?
Euh, rien, rien... !! Na ha ha ha !
Elle a changé de coiffure, mais pas d'erreur. L'homme qui l'accompagne doit habiter le même immeuble...
Son adresse ? Euh, Asagaoka...

Le soir-même...
MEGUMI
SNACK
SNACK
Crii...
Bon... bonsoir !
Ah, bienvenue !
C'est sympa ici, tu travailles toute seule ?
Non, la patronne est sortie avec un client. Vous buvez quoi ?
MEGUMI LOVE
Hum, je prendrais bien un whisky
Moi du lait froid s'il te plaît

Dis, Rokuda, tu sortais bien avec une fille qui s'appelait Nana ? Y a d'ça trois ans
Hein ? Oui...
Comment tu l'as draguée ? Dis-moi
Me rappelez pas de mauvais souvenirs, ça fait longtemps qu'on s'est séparés...
Alleez ! Je t'invite
Hein ?
C'est vrai !?
Hi hi, Roku-chan t'apprend comment draguer les filles ?
Aïe !
Crac
Na ha ha ha ha, tu rigoles ! Qui voudrait de lui comme prof !!
Bon, Miko, fais attention à toi en rentrant
Oui, merci !
Finalement j'ai dû payer, pff

En gros, vous avez envie de tirer un coup ?
Hé hé, hé hé, ça s'voiiit ?
Espèce de vicelard !
Faites pas cette tête effrayante en gros plan !
Ca se voit tant que çaaa ?
M'sieur Hori, vous êtes amoureux de Miko
Ouuh, la volonté d'un homme soulève les montagnes ! J'y arriverai, ce ne sont pas une fille ou deux qui vont me faire peur !!
Un petit job... ça me fait chier...
Si vous faisiez un petit job ? Si c'est pour la femme que vous aimez, ça ne devrait pas être si pénible
Si vous lui offriez un cadeau ? Un collier, une broche... Les femmes ont un faible pour ces petites choses
J'ai pas un radis en ce moment
Moi quand j'ai offert a mon ex-copine une pierre précieuse liée a son signe astrologique, j'ai pu coucher avec elle le soir même, hé hé hé...

Le lendemain...
チャッ
Clac !
Fwaah ....
Est-ce que Miko est rentrée tard hier... ?
Clac
Hé hé hé, comment elle dort ce matin... ?
Ouaaah !!
Qu'est-ce que tu fais?
Tu... tu as découché ?
Clac
J'attendais ma patronne qui est rentrée tard, alors j'ai dormi à l'étage du bar

Moi aussi j'ai décidé de m'investir à fond dans le travail à partir d'aujourd'hui !
Fwaah, ah oui ! Bon courage, alors
Ah, et puis ... !!
Qu'est-ce qu'il y a ?
Miko, tu es de quel mois ?
Juin
Vlan !
Juin, c'est pile le bon moment
Je me demande à quelle pierre précieuse ça correspond...
Euh ...
Hein ?
Je suis à la recherche d'un immeuble nommé "Résidence Dokudami"...
Tu tournes à droite là-bas, et c'est le troisième bâtiment

Rien, excusez-moi
J'y habite, si tu veux louer une chambre, je te déconseille, l'immeuble est vraiment pourri, ha ha ha ha...
...
Euh, non, je...
!
Allez, je dois travailler dur pour Miko !!
Non, lui et Miko seraient... !!

Ouuuh, maudite lumière de l'ouest ... !!
サン・イズ・シャイニング その三
SUN IS SHINING 3

Et...
どくだみ荘
C'est... c'est donc ici, la "Résidence Dokudami" ... !!
C'est aussi pourri que le disait ce type
Bzzz
...
カンカン
clang
clang
土足厳禁
Miko habite-t-elle vraiment ici ... ?
On dirait une maison hantée...
ギシ
Crii
おわっ
ばりっ
Crac !!

Aïe aïe aïe
ぶ〜〜ん
Bzzz
ぺたっ
Scrouitch
...
Qu'est-ce qui s'passe ?
Clac
Y... y avait un cafard énorme...!!
Ha ha ha, oui c'est bientôt la saison

Je suis venu rendre visite a une femme nommée Miko Natsuki
Vous êtes démarcheur ? Dans ces cas-là vous perdez votre temps, les locataires sont...
Euh non, ce n'est pas ça, en fait...
Mademoiselle Miko habite la chambre 3, juste là
L... là... !!
夏木美子
Quels sont donc vos rapports avec elle ?
Eh bien, en fait... comment dire...
Ça vous regarde pas !!
Ha ha ha ha, vous avez raison !
六田
clac
Fff

Je me demande si elle est chez elle...
Stop
ピタッ
A... at-tend un peu... !!
Par quoi commen-cer ? Je ne dois pas me montrer trop indul-gent
Je suis innocent dans cette histoire ! Je devrais me montrer viril et la gifler un bon coup !
Miko se mettrait sûrement a pleurer...
Elle m'im-plorerait comme ça...
Kazuo, pardonne-moi ! Tout est de ma faute, je suis désolée d'avoir été aussi capricieuse !
Mais moi, je de-meurerais impassible ...
Fumant lente-ment une cigarette ...
Je dirais, avec un visage ferme...
Ff... Tu t'es rendu compte de mon importance, en te retrouvant toute seule ? Tu as besoin de moi ...

rigolo
Ghh, huh, huh...... impeccable !
Et si je jetais un coup d'oeil par le trou de la serrure...
美子
J'espère qu'elle n'a pas ramené un homme, quand même
美子
Bam !!
Ouille
Mais qui fait du bruit comme ça devant ma chambre...
Ah !
Ka... Kazuo... !! Comment tu m'as trouvée !?
Aïe... ! J'ai demandé a un détective privé d'enquêter !

Mikooo !! J'ai eu tooort !! J'irai plus jamais au massage thaïlandais, j'arrête aussi le mah-jong !!
J'ai décidé de vivre libre à mon tour... toi aussi, tu n'as qu'à en faire autant !!
I LAND
Oouuuuh, mais moi, moi, si t'es pas là, Miko, je peux pas viiivreuuh !!
Haa, haa
Je t'aiiime !! Mikooo !! S'il te plaît, revieens !!
Au secours, c'est un pervers !!
チャ
Locataire chambre 5, surnom le Vieux qui fait semblant de dormir
すいみん中
Oh là là, quel boucan...
ぬっ
Locataire chambre 6, chef de la section locale du "Club des jeunes pousses" d'Asagaya
Un pervers !?
チャッ !

Mais… mais qu'est-ce qu'il vous prend ! Je ne suis pas un pervers !!
Ta gueule, rigole pas des provinciaux, hein !
Je me disais bien qu'il était louche
Il n'existe pas d'homme honnête avec une cravate…
Pif paf
Mikooo ! Aïe aïe aïe
Avec ton sale costume par cette chaleur !!
…
Pendant ce temps-là…
Clang clang
Tac tac
早見建
まことにすんまへん
Bababam
haa
haa
Si c'eeest pour Miko…

toc toc
Pff, ça fatigue le travail physique, ça faisait longtemps
Heep' laa !!
Ta gueule, connard
Wiii
Hé là! Bosse au iieu de glander !!
C'était donc une perle, sa pierre précieuse
N'empêche, j'ai claqué presque toute ma paye...
Heureusement que c'était pas un diamant
Le soir même...
ジュエル三貴
Merci, au revoir

SNACK
ポニー
Crrr
Tiens, Yoshio, bienvenue !
Hé hé, je sors du boulot, un whisky s'il te plaît
On dirait que tu as bronzé
ドカ!
Tiens
toc
Merci !
Tu sais, en fait ...
Comment ?
Je te l'offre, c'est un cadeau pour toi !
Ss...
Heiin, pour moi ? Mais c'est quoii ?
C'est un collier de perles. Hé hé, j'ai vidé mon porte-feuille pour l'acheter

Merci beaucoup !
Ouvre-le
Miko, on est lààà !! Hips
Ah tiens ! Bienvenue Monsieur le directeur
Gha ha ha, soyons gais, ce soir !! Miko, sors-nous une nouvelle bouteille
Oui !!
ガタン！
Tac !
Je te dois combien, Miko ?
Oh, tu rentres, Yoshio ?
Oui, le boulot m'a épuisé, je reviendrai
Je passerai chez toi après le travail

C'est vrai !? Je... je t'attends alors !!
MEGU
愛
SNACK
永
Hé hé hé
C'est l'effet du cadeau
Mhuh huh, ce soir, enfin, je vais pouvoir ...
Yahou, j'vais me la faire toute la nuit !!
......!!
PUB
ショーケー
C'est bien ici qu'elle travaille...
SNACK
ポニー
Criiii...
Bienve ... !!

Rrrroooh!!
Crrrrr...
Mikooo, rmm rmm
Merde, j'étais telle-ment crevé hier que je me suis en-dormi, Miko a dû venir, aaah j'ai tout foiré !
Toc toc
Ou... oui !! Tu peux entrer !!
B'jour
Qu'est-ce que tu me veux, j'ai pas de thunes !

Allons bon ! Si je proposais à Miko d'aller boire un p'tit caoua
Clac
Euh...
Vous étiez encore en train de dormir ? C'est déjà l'après-midi
Fwwah, ah bon
Mademoiselle Miko a démenagé tôt ce matin, vous avez pas entendu ?
Qu...... !!
Quoiii !? Miko a déménagé !?
Le... l'homme qui est passé hier est revenu, ils ont fait les bagages ensemble...
Non... c'est pas possible !!

チャッ
Clac
夏木美子
Ils vivaient en couple avant qu'elle vienne ici, elle avait du s'enfuir après une dispute...
... !!
C'est peut-être pour votre bien qu'elle vous a pas prévenu
Pour mon bien, n'importe quoi... merde !!
M... m'sieur Hori...
Ta gueule !!

Beurk
Koff
Koff !
Revendant au prêteur sur gages le collier de perles qui avait été balancé dans la corbeille, cette nuit-là, j'ai englouti des litres d'alcool bon marché

Je ne sais pas pourquoi, j'ai ressenti la chaleur de ma gerbe comme si c'était la peau d'une femme

東京ジゴロ
TOKYO GIGOLO

*Salons de massage offrant des services sexuels, maintenant appelés "soapland"

J'dois aller la chercher, l'addition c'est pour moi
Ah, c'est sympa
Merci, au revoir
Clac !
Ah, maquereau...
Ça doit être le pied de pouvoir s'amuser tous les jours avec le blé d'une femme
Grat grat
C'est décidé...
Moi aussi, j'm'y mets !!

Le lendemain !!
Aah
上野駅
UENO STATION
東京有名商工業案内*
*Tôkyô Infos Emplois
中央改札 MAIN ENTRANCE
常磐線
Hé hé hé, en voilà une ! C'est clair que c'est une fugueuse
L'express Matsushima n°5 de 11h54 en direction de Sendai partira voie 15

Hé, la p'tite demoiselle !
!
Tac
Tu cherches du travail ?
Euh, non ...
Hé hé, tu sais, y a plein de sales types à Tôkyô, il faut faire attention. Si tu veux, je peux t'aider à trouver un bon boulot
Non merci !
Eh hé hé hé, si t'es motivée, t'es sûre de gagner au moins 2000000 par mois
Si on en discutait autour d'un verre ? Hein !
Mais... lâchez-moi !
Eh !
Hein ?

Oh, monsieur le policier, au secours !
Ha ha ha... Non non, rien !
Qu'est-ce qui se passe ?
Cet homme a l'intention de duper l'ingénue que je suis en m'entraînant dans sa chambre pour bien profiter de moi avant de m'expédier à Hong Kong !
Mais ...mais voyoons, je voulais juste ...
ぐいっ
Espèce de salopard ! C'est à cause de mecs comme toi que l'image d'Ueno s'arrange pas !!
Pas... pas de violence !

Splash splash
Aïe …
Parc d'Ueno
Rou rou
Fff, les flics d'aujourd'hui …
…
En plus, Il y a beaucoup de yakuzas par ici, c'est extrêmement dangereux. Venez chez moi, vous n'avez pas à vous inquiéter
Mais … mais …
Hmm ?
…
Mademoiselle, si vous vous promenez comme ça, les policiers ne vont pas tarder à vous ramener chez vous

Il faut d'abord reprendre vos esprits. Ensuite, on va réfléchir tranquillement à ce qu'on va faire, je vais vous aider… Hein ?
Ou… oui…
…
Il est doué, ça doit être un embobineur professionnel
Hep, toi
!
Hé hé hé j'ai un bon boulot à te proposer
10000 la journée, les trois repas compris ! J'suis sûr que t'as même pas d'endroit où dormir. On peut aussi te loger
Peuh !
Non mais je t'en prie ! J'ai quand même un toit !
Et puis je travaille…
Pff, j't'ai pris pour un sans-abri !

C'que j'peux m'asseoir ?
Hein ?
Euh, c'que j'peux m'as-seoir ?
Pff, il comptait m'enfermer dans un foyer de travailleurs et m'exploi-ter... Pas question !
...
Hé hé, qu'est-ce qu'elle est moche
C'est gen-til de vot'part
Bom !
Ou... ouais ouais, vas-y
うわ～ん
Ouiiin
!
Ouh, ouh, ouuuh

びえ～っ
ouiiin
Ouh, ouh, ouh, j'me suis fait piquer mon sac avec mon portefeuille dedans !
Ou... ouh, ouuuh
Ben quoi !? Mais qu'est-ce qui t'arrive !?
C'est le pac-son que j'ai pris avec moi pour louer un appartement à Tôkyô !
Il y avait combien ?
30000 et quelques ...
snif
De nos jours, c'est pas avec 30000 yens qu'on peut louer un appart'
Même pour un quatre tatamis et demi, au début il te faut 70 ou 80000 yens
C'est-y donc si cher que ça ?
Rrou... rrou
J'ai faim... J'ai rien avalé depuis ce matin
Si c'est qu'un bol de nouilles, je te l'offre

本場北海道
らあめん
おさえちょん
しれとこ
ごくちょん
おろちょん
各七〇〇円
Special nouilles gratuit si vous pouvez finir 3 bols en 30 minutes !!
Slurp
すすっ
Burp, j'ai bien becqueté
J'y... j'y crois pas ! Elle a tout englouti en un quart d'heure !
bom !
...
J'peux manger encore deux bols facile
ごくっ ごくっ
Ha ha ha ha...

Tu viens d'Aomori, alors... Tu devrais expliquer ta situation à la police et emprunter de l'argent pour ton billet de retour
J'ai p'us d'endroit où rentrer
Ben quoi, tu t'es disputée avec tes vieux et tu as fugué ?
J'ai perdu mes parents quand j'étais à l'école primaire, depuis j'ai été élevée par des proches...
NISSAN
Mais comme je bouffais trop, ils m'ont fichue dehors
Ha ha ha, je vois !
T'es comme qui dirait célibataire ?
Plus ou moins, oui
Tu veux pas m'héberger le temps que j'trouve un boulot ? S'il te plaît !
Euh, ouais si tu veux...
Ah la poisse ...

J'm'appelle Yoneko, enchantée
Moi c'est Yoshio, ravi
Qu'est-ce que c'est crade ici, tu fais le ménage, des fois ?
Je me sens mieux quand c'est comme ça
J'vais nettoyer un peu, tu peux sortir dans l'couloir ? Grouille !
Euh... ouais...
Fff
Vlan !
Et ben, elle donne vraiment pas envie ...

Fwaah, si on s'couchait ?
J'ai faim
Mais t'as englouti cinq bols de nouilles instantanées tout à l'heure !
C'est ma bouffe pour deux jours !
C'est pas avec ça que j'vais caler mon estomac
Mais comment il fonctionne, ton estomac !?
J'veux manger du riz !
Aah, j'veux me remplir le bide de riiz !!
Ça va ! Ça va ! J'vais aller travailler demain et je ramènerai du riz, mais jusque-là retiens-toi !
Ehe ...
Tant pis

Rrh...
Yos'uo, tu dors ?
Mm ...
Fwaah, s'qui s'passe ?
Aïie !
Tir' tir'
Tu peux faire de moi c'que tu veux...
Qu... qu... qu'est-ce qui t'arrive !?
Waaah !!

Mais... faut bien que j'te remercie ...
J'en veux pas, j'en veux pas ! Te dérange pas pour moi ! Rhabille-toi vite !
C'est juste un r'merciement passque t'as été si gentil...
Ff... tu devrais prendre soin de ton corps
Ououuh
Yo... Yos'uo ...!!
rides
Berk ! J'ai... J'ai la nausée...
Crac !
Mmmmh !
J'suis contente !! J'suis tellement heureuse d'avoir rencontré quelqu'un d'aussi bon qu'toiii !!
がばっちょっ！
Scrouitch !

... Et le lendemain
Bon, je vais travailler
Bon courage
J'achèterai du riz ce soir en rentrant, contente-toi de nouilles instantanées en attendant
Du riz ordinaire, ça m'suffira
Évidemment !
vlan !

Tchac tchac...
ガッ
ガッ
ザッ
ザッ
ゴオー
Vrrr...
Tchac
ザク
ゴー
Vrrr...
Fff
Avec un physique pareil, ni les bains turcs ni les bars à hôtesses ne voudraient d'elle
Faut vite que j'lui trouve un boulot et qu'elle déguerpisse de chez moi

Eh, mais c'est Yoshio !
Hé hé, toujours travailleur à la journée ?
Ke... Kenji ...!!
Hé hé hé, c'est la fille dont j'te parlais la dernière fois, elle travaille dans un bain turc à Shinjuku
Ça s'appelle Yumedono, viens me voir, j'te ferai un prix, hi hi
ぱちっ
Ou... ouais...
Allez, salut ! Travaille bien ! Ha ha ha ha
Bye !
Maquereau... ah la chance

むしゃむしゃ
Miam miam
もぐもぐ
もりもり
C'est bon ?
C'est super !
Miam miam
Prrt
Yos'uo, j'ai pris ma décision
De quoi ?
À partir de demain, j'vais travailler aux bains turcs pour t'entretenir !
Bloub !

Qu'j'allais travailler aux bains turcs pour t'entretenir ...
Qu'est-ce que t'as dit !?
Il faut laver les monsieurs, comme les employés qui t'lavent dans les bains publics
Ben c'est...
C'est gentil, mais tu sais ce que c'est au moins, les bains turcs !?
Suffit pas d'laver, faut faire plein d'autres trucs !
Clic
Ben... comment dire... par exemple danser dans la mousse...
Qu'est-ce qu'il faut faire d'autre ?

*Yoneko confond "danser dans la mousse (awa)" avec la célèbre danse folklorique de la région d'Awa

Ceci dit il y a des gens étranges dans le monde, peut-être qu'il y aura un bain turc qui voudra bien d'elle
Clic
Elle pourrait enlever ses lunettes au moins quand elle dort, qu'est-ce qu'elle est bizarre... pff
Rrrhooo shpiii...
Y a p'têt même des mecs qui apprécient ce type de fille
Rrrho ...
Le lendemain
Tant qu'à être maquereau, j'aurais préféré une fille un peu mieux que ça
Nghaaa
Fritch
Haa

ピンクロード
喫茶 めぐみ
トルコ 千姫
24時間営業
江戸一
SNACK
DIRECTION
トルコ King
S'il vous plaît ! Les parents de cette jeune fille sont très malades, et ils attendent qu'elle leur envoie de l'argent !
J'travaillerai de mon mieux ! Embauchez-moi !
Hmm mm
C.V.
Hmm ... 20 ans...
L'âge ne pose pas de problème, mais ...

Mes parents sont claqués d'puis longtemps
Ha ha ha... ah bon ?
Chez nous il n'y a que de très jolies filles, et c'est notre argument de vente
Clic
Pour être franc, avec ton physique...
Évidemment...
Tu veux dire que j'suis moche !?
Dans mon village natal, tout le monde me dit que j'suis mimiii !!
T'as blessé mon cœur de jeune fille fragile !!
グイッ
Mais... mais ça va pas !!
ガタッ
Ah la la, c'est sans espoir...

C'est le cinquième qu'on essaye, tu vois que c'est pas possible
Toi aussi, Yos'uo, tu m'trouves moche ?
Mais non pas du tout ! T'es mignonne, Yoneko-chan ! Ha ha ha...
...
J'ai faim
Crouiii...
Bon, allez, si on se goinfrait de bœuf !
Hein
D'accord !
牛丼専門店
吉田家

J'dis ça pour toi, mais tu ferais mieux de rentrer au pays. Si y a que ton billet à payer, je peux m'arranger
並…
大盛…四〇〇。
牛皿…三五〇。
御新香…五〇。
みそ汁…五〇。
玉子…
Mais…
Slurp
Une fille aussi pure que toi ne peut pas survivre à Tôkyô
En rentrant chez toi, tu pourrais te trouver un mec bien et vivre heureuse !
…三五〇。
…四〇〇
…
Oui ?
Yos'uo…
J'peux demander un aut'bol ?
Bom !

Buvons à notre soirée d'adieux !
Tu t'es vraiment décar-cassé pour moi
Oh, c'est rien
miam miam
J'ai quèqu' chose à te d'man-der...
Quoi donc ? Si c'est dans mes ca-pacités ...
Glou glou
J'voudrais qu'tu couches avec moiii !!

At... attend, je me sens pas prêt, là... !!
C'est la première fois que j'suis amoureuse ! J'le regretterai pas !!
Bam !
Je sais qu't'es pas amoureux ! Mais s'te plaît, fais un petit effort !!
J'ai compris ! J'ai compris, j'te dis !
Tu veux bien coucher avec moi !?
hé hé
Glou glou
Ouh... en étant bourré...
burp

Impossible, le fiston la rejette totalement
Non, pitié !
Vas-y doucement, c'est la première fois...
Burp
Ben qu'est-ce que t'as ? Dépêche-toi
Impuissant ?
Regarde !
Hein ?
Ha ha ha... j'suis désolé, mais j'suis impuissant
Tristounet
C'est bizarre, ha ha ha
Ah tiens !
Debout
ooh!
C'est vrai ?

Caché !
Le fiston il sait pas mentir
Ha ha
Tris-tounet
Ouuuh tu me détestes tant que çaaa !
Euh non, enfin, comment dire... ha ha ha
Laisse tomber ! Ouh ouh ouuuh
Hic hic
えっ
えっえっ
ひっく
ひっく
Rides
Grat Grat
Fff
Le lende-main...

Yos'uooo, viens vite ! J'suis d'jà toute mouillée !
うあああっ
Ouaaah !
ガバッ!!
ブルルル!
Fff, c'était un rêve...
Hmm ?
!
Merci pour tout. Adieu.
Yoneko
Cette idiote, où est-ce qu'elle a bien pu aller, sans un sou en poche...
Mais bon, quel soulagement
Grat' grat'

Trois mois plus tard...
Ça faisait longtemps que j'avais pas travaillé, dur dur
Brr ça caille, allons boire un coup !
Yos'uo !
!
J'en étais sûre, c'est bien toi, Yos'uo !
C'est un ami ?
Ce... cette voix !?
Il m'a dépannée quand j'suis arrivée à Tôkyô
Ah oui
Tu... tu s'rais pas... Yone... ko !?

Oui c'est moi. Tu m'reconnais pas passque j'ai maigri ? J'ai aussi remplacé mes lunettes par des lentilles de contact
J'y crois pas, t'as complè-tement changé !
Après, j'ai travaillé dans une cantine, mais à force de trop manger j'me suis bousillé l'estomac et j'ai été à l'hosto
C'est pour ça que t'as autant maigri !?
Oui, on m'a enlevé plus d'la moitié de l'estomac
Lui c'est mon fiancé, hi hi
En... en-chanté
Ton... ton fiancé !?
C'est lui qui m'a opérée... et il m'a d'man-dée en mariage

Au revoir
On y va, Yoneko ?
J'lui ai offert c'que j'avais d'plus sacré... j'ai décidé d'rester avec lui toute ma vie
... !!
Ouuh, j'aurais dû lui défoncer l'oignon ce soir-là, quitte à ficeler mon zizi avec des baguettes !!

Spécial 1500ème numéro de la revue Shûkan Manga !!

Questions & réponses heureuses / honteuses de Takashi Fukutani

Né en 1955 à Okayama
Nom véritable : Takahisa Fukutani

Q : Les raisons pour lesquelles tu as voulu devenir auteur de mangas ?
R : Parce que je pensais gagner de l'argent sans me fatiguer, mais c'était une grossière erreur.
Q : Tu as fait tes débuts il y a combien d'années ?
R : Il y a cinq ans je crois, je ne me souviens même plus du titre de mon premier manga.
Q : Qui est le modèle de Yoshio ?
R : C'est presque entièrement moi.
Q : Tu mènes vraiment une existence aussi misérable ?
R : Lorsque je venais de débuter, ça m'est arrivé de ne vivre que de nouilles instantanées pendant six mois. J'en ai eu des hallucinations. Maintenant il y a des légumes et un oeuf dans mes nouilles, je considère donc que je suis devenu riche.
Q : Que fais-tu de l'argent que tu touches ?
R : Presque tout passe dans l'alcool.

Q : Ton expérience professionnelle ?
A : Sans-abri, rabatteur de bar à hôtesses, pêcheur sur un thonier, docker, peintre en bâtiment, travailleur de chantier, laveur de vitres, représentant de commerce, vendeur de vêtements, camelot, assistant d'une strip-teaseuse... Hmm, il y en a eu tellement...
Q : Tes auteurs de mangas favoris ?
R : Yasuji Tanioka, Maddy Uehara.
Q : Les films qui t'ont le plus marqué ?
R : *La dernière valse* (Martin Scorsese, 1978), *Combat sans code d'honneur* (Kinji Fukasaku, 1973).
Q : Les musiciens que tu apprécies ?
R : Bob Marley, Neil Young.

Q : Les livres que tu aimerais lire ?
R : *Dans le brouillard*, écrit par le cannibale Issei Sagawa.
Q : Tes plats préférés ?
R : Gyûdon (bol de riz garni de boeuf), nouilles instantanées.
Q : Les animaux que tu aimes ?
R : Les chats. A ce propos, j'ai mangé du chien il y a longtemps... Désolé pour les amis des chiens !
Q : Si tu n'étais pas auteur de mangas ?
R : Mac ou sans-abri.
Q : Un dernier mot ?
R : J'veux des souuuus !!

LA COMPLAINTE DU FÉTICHISTE

Quand même, y a vraiment des malades, ou disons des gens bizarres dans ce monde...
Tac tac tac...
Ouf
Vlan !
Haa
haa
haa
Tac tac tac...
Eh, Yoshio !
Ou... oui !

C'est un nouveau, apprend-lui le boulot
Ah, entendu
...
Je m'appelle Ahn Ormal, enchanté
ペコ
Moi c'est Yoshio, content d'faire ta connaissance !
バシャッ バシャッ
Splash splash
Désolé, tu peux m'prêter ta serviette ?

Tenez
Merci
ゴシゴシ
Frott' frott'
Hmm ?
Mais… qu'est-ce que c'est qu'ça !?
C'est pas une culotte de fille !?
C'est cela
Mais… mais pourquoi !?
C'est plus agréable qu'une serviette, non ? C'est la petite culotte usagée d'une étudiante en fac
Rendez-la moi
J'crois qu'on va bien s'entendre
Ha ha ha…

Ça t'dit d'aller boire un coup ? On partagera la note
Si vous voulez
!
...
Vous pouvez m'attendre ici ?
Bien moulées
Qu'est-ce qui t'arrive ?
... ?
Excusez-moi !
Hein ?

...
BAF !
Eh ! Qu'est-ce qui s'passe !?
Aie ... !
Pff, sale pervers !!
Ce n'est rien
ニヤリ…
Rien ? Mais tu viens de te prendre une claque ...
Ça va, je suis habitué. Allons plutôt boire un verre

En fait, je lui ai demandé de me vendre la petite culotte qu'elle était en train de porter...
Quoiii !?
Les sous-vêtements des femmes m'excitent plus que leur corps
Hé hé...
Tu... tu s'rais pas un peu pervers, toi ?
Je suis fétichiste
Fétichiste ?
Le fétichisme consiste à éprouver une attirance sexuelle pour ce qui habille le corps de l'autre
Le grand écrivain américain Faulkner était lui-même fétichiste

Vous ne voulez pas passer chez moi ? Que je vous montre ma collection
Hé hé, ça m'intéresse
Tac !
Y a une drôle d'odeur...
Entrez donc, vous gênez pas
C'est chouette, hein ? Un rideau en patchwork de petites culottes
Ha ha ha
Et dans le placard...
Patatra !

Tous les soirs, je dors enseveli sous ces petites culottes. Ça fait disparaitre toute la fatigue du travail
Ha ha ha, quelle collection, mais comment t'as fait pour en rassembler autant ?
Je demande qu'on me les vende dans la rue ...
Il y en a aussi que j'ai piquées à la laverie automatique
Ça veut dire qu'elles ont toutes été portées ?
Bien sûr ! Les culottes neuves ou lavées, ça n'aurait pas de sens
Clac !
ピシャリ !
Évidemment ! Ha ha ha ha

Celle que tu tiens a été portée par une lycéenne belle à en faire pâlir les fleurs de jalousie
De première qualité !
おおっ
Ohh !
Quelle odeur intense !
Pûûû...
C'est l'âge où les sécrétions sont les plus fortes. En plus elle est vierge...
Les femmes qui n'ont jamais eu d'expérience sexuelle ont tendance à ne pas bien se laver par là
ぷ
Pûû...
ん
Un spray et une lampe de chevet ?
Les connaisseurs utilisent ça pour renifler les petites culottes

Tout d'abord, j'étire la petite culotte sur la lampe
Ensuite je vaporise un peu d'eau …
Pshiit pshit
… puis j'allume
Clic
Regardez ! La chaleur de l'ampoule fait de la vapeur … !
Pûû…
Ouah !
Haa
Haa
Haa
Je me masturbe en reniflant cette odeur !
Haa haa haa…
Frrt frtt frtt
Frrt frtt frtt
Hum… je n'aimerais pas que mes parents me voient comme ça …

Ooh ... !
Aouuh ... !
Alors, vous êtes satisfait ?
Euh... oui, on peut dire ça
Je sens un p'tit creux
Il reste du riz de ce matin
Ça vous dit, un ochazuke* ?
Flam !
*bol de riz sur lequel on verse du thé
Bonne idée ! Tu le fais à quoi ?
Du ochazuke spécial aux menstrues !
ぐふっ

Du ochazuke aux menstrues !?
Oui, je fais un bouillon avec cette petite culotte spécial règles
C'est une jolie secrétaire de 22 ans qui l'a portée
J'ai eu du mal à me la procurer
Ah…
Tampon ultra-géant
Tenez-là de ce côté
ploc ploc
C'est salé juste ce qu'il faut, c'est très bon. Allez-y !
Comment tu veux que je bouffe un truc pareil !!
Y a pas meilleur
slurp
Là, j'suis battu !
C'est… c'est un vrai méga-pervers…!!

Je.. j'crois que je vais ren-trer
Ah bon, déjà ?
Si ça vous va pas, je peux vous faire un autre bouillon, j'en ai à la diarrhée...
C'est bon, j'te dis !!
はあ はあ はあ
Haa
ダダダダ
Tap tap tap
Hmm ?
Il est complè-tement chtarbé ...
Si on compa-re avec lui, j'suis un mec bien ordi-naire

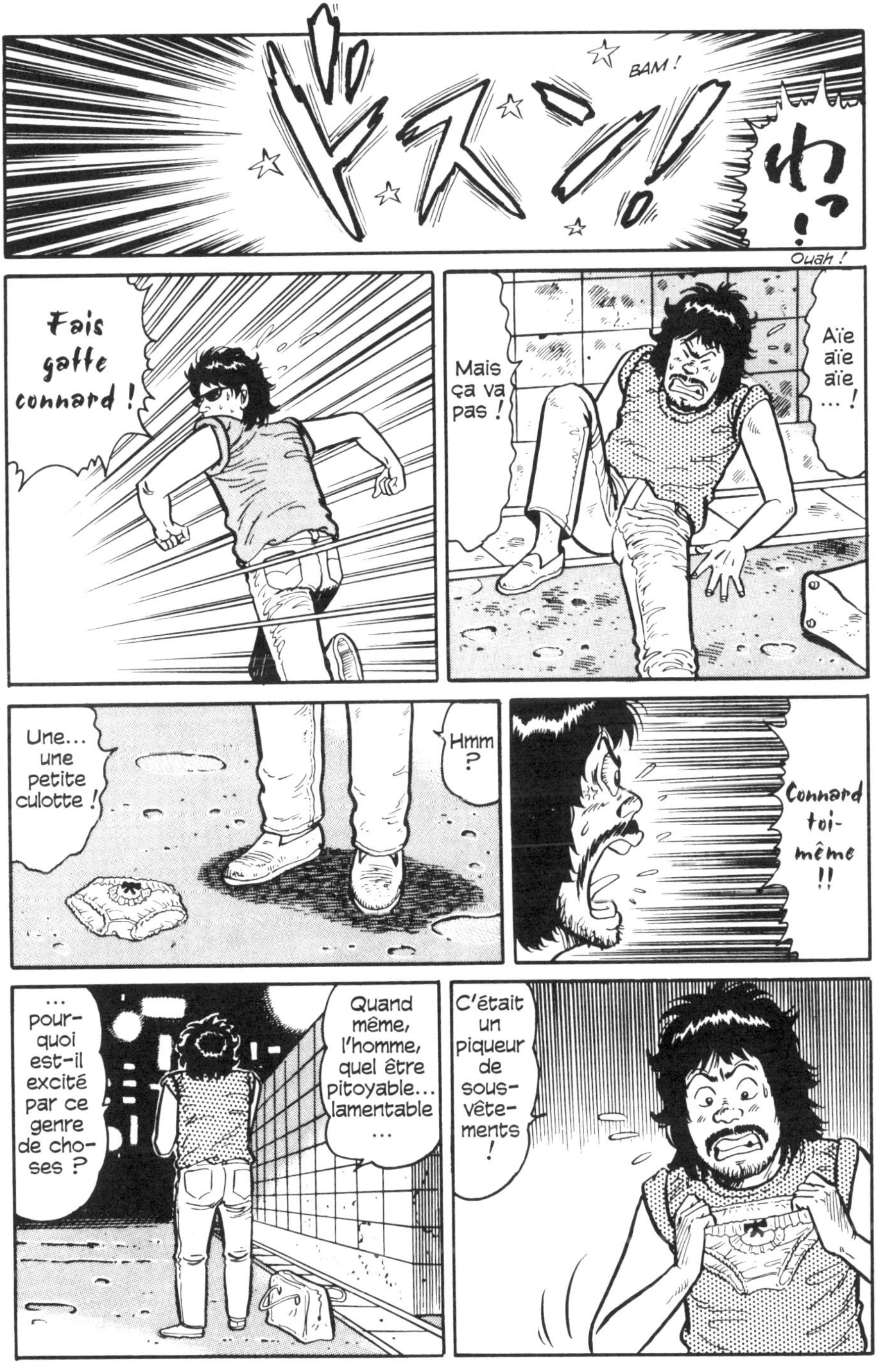
ドスン!!
BAM !
わっ!?
Ouah !
Aïe aïe aïe ... !
Mais ça va pas !
Fais gaffe connard !
Connard toi-même !!
Hmm ?
Une... une petite culotte !
C'était un piqueur de sous-vêtements !
Quand même, l'homme, quel être pitoyable... lamentable ...
... pourquoi est-il excité par ce genre de choses ?

Il est là !!
Hein ?

Voleur de sous-vêtements ! Ce soir, tu nous échapperas pas !
Pervers ! Tu vas payer !
At... attendez ! C'est un malentendu ! C'est...

BAM !
CRAC !
BOM !!
VLAN !
Ouuh ... !
Pff, quelle mauviette !
Bien fait !!
Esti-me-toi heureux qu'on te livre pas à la police !
Ouuh !
Toc toc

Alors que j'ai rien faiiit !
ヨロ
ヨロ
Aie... ! Putaiin ! Elles y ont pas été de main-morte ... !
J'ai beau dire, mais je suis rentré chez moi avec la petite culotte...
Elle a dû être lavée
Ça ne sent que la lessive
Snif snif

Les petites culottes doivent être tachées et odorantes !
J'pourrais pas faire plaisir à ce pervers avec ça
Hé hé hé, j'vais la mettre, j'avais justement plus de slip de rechange !
Ouuh, quelle sensation, l'entrejambe aussi serrée...
J'risque d'éjaculer en dormant !
Le lendemain ...
Tac tac tac ...
Tchac !!

Dis, Ahn, tu l'as déjà fait avec une fille ?
Haa Haa Haa
Tchac !
Tac tac tac ...
De te-cha ?
J'te parle de te-cha !
De quoi parlez-vous ?
Avec une fille ?
Les culottes tachées c'est bien, mais ce qu'il y a dedans c'est encore mieux
En particu-lier les petites culottes
Comme je vous l'ai déjà dit, ce n'est pas le corps des femmes mais leurs sous-vêtements qui m'inté-ressent
Hé hé hé, t'es pu-ceau, non ?
De chattes, de sexe !

Quand le soir tombe, on sent déjà que c'est l'automne
C'est une saison où les sous-vêtements des femmes cessent d'être humides, c'est triste ...
Il y a un snack-bar où je vais souvent, ça te dit de m'accompagner ?
Hum, un snack-bar ?
SNAC
Ah, alors c'est un collègue à toi, Yoshio ?
Il a une drôle de tête, mais son nom est encore plus marrant !
Je m'appelle Ahn Ormal, enchanté
A... Ahn... Ormal !? Quel drôle de nom

Euh... j'aurais une faveur à vous demander...
Oui, mais la maison ne fait pas crédit
Pourriez-vous me céder la petite culotte qui enveloppe doucement votre entrejambe ?
Bien sur je paierai ! Au prix que vous voulez...
Burp !
Mon dieu, mais c'est un pervers !?
Ha ha ha, il collectionne les petites culottes tachées et odorantes !
C'est dégoûtant ! Je n'aime pas les pervers !
Vous... vous ne voulez pas ?
Hya ha ha ha, tu t'es pris un râteauuu !!
Et toc
...
Pff, n'importe quoi ...

Huum, je voudrais absolument ajouter sa petite culotte à ma collection !
Ha ha ha, t'as pas encore fini ? Laisse tomber, j'te dis !
Shhh...
SNACK オスギ
M. Yoshio, vous vous entendez bien avec elle, n'est-ce pas ?
Mouais on peut dire ça, vu que j'suis un habitué...
S'il vous plaît ! Demandez-lui pour moi !!
Même venant de moi, elle voudra pas
Si vous arrivez à vous procurer sa petite culotte, je vous paierai au prorata !
SNACK

C'est ... c'est à dire ... ?
Je vous paye l'équivalent de deux jours de salaire
C'est ... c'est vrai !?
Si possible, j'aimerais une petite culotte portée pendant une bonne semaine
Ha ha ha, t'exagères, quand même
À coup sûr, c'était mission impossible
Il doit pas y avoir une grande différence entre des sécrétions féminines et masculines
Pub
Hé hé hé, j'vais lui offrir cette petite culotte !
J'vais la porter pendant une semaine !
がっはっはっはっ

Ah ah ah ah

Le lendemain…
Hein !? C'est vrai !?
Ouais ! J'lui ai téléphoné hier soir
Et… et alors !?
Elle m'a dit : "Ça me gêne, mais pour toi, Yoshio, je ne peux pas refuser" ! Hé hé hé
Merci beaucoup !!
Et quand est-ce que …
Elle va la porter pendant une semaine
Ohh
おおっ
ぶるぶる
Je la vois dimanche prochain. Dès que je l'ai, je te l'apporte chez toi
En… entendu !
… Et on passe d'un coup à la semaine suivante
ズズ…
Ouh !
Qu'est-ce que ça shlingue !

Une semaine avec la même culotte sans me laver, c'est sûr que ça pue bien
Pûûû...
Hé hé hé, il va en pleurer de joie !
Sans savoir que c'est moi qui l'ai portée !
Ah ah ah...
C'est moi ! J'ai apporté ta commande !
Toc toc
J'vous attendais avec impatience !!
Ouah !

Mais faut m' payer hein !
Je n'ai pas oublié ! Voici la somme promise ...
Profites-en un max, salut !
Merci beau-coup !
Vlan !
Ghh, huh huh ...
わくわく
Il... il y a dans ce sac la culotte profon-dément impré-gnée de cette femme ...
Hé hé
Pûûû...
もわ～っ
Berkk !
Pûûû...

C'est exactement la petite culotte que je recherchais !!
J'en ... j'en peux plus !
ズリズリ
Frott' frott'
Erk ! C'est la première fois que je sens une odeur aussi violente ... !
Beurk, eerk
Slurp slurp
ズズ...
Quelques jours plus tard
Comme je finis le chantier cet après-midi, allons jeter un œil
Il vient plus au boulot depuis, je me demande ce qui lui est arrivé ...

Aahn ! C'est moi, t'es lããã !?
深夜は静かに!!
M. Ahn a été hospitalisé
Hein !? Hospitalisé !?
Il y a quelques jours, il a été pris soudain de vomissements et de douleurs au ventre ...
Ça s'rait à cause de ... !
À... à quel hôpital !?
外科 中田医院
61
清水弘之
塚田茂
日立晃
Clac !
M... M. Yoshio ... !

J'ai bien souffert vous savez, je vais rester ici pendant un temps
Ha ha ha, mais qu'est-ce qui t'es arrivé ? T'es tout pâle !
C'est à cause de cette petite culotte. Appa-remment elle était pleine de microbes
T'as mangé un truc pourri ou quoi ?
Pas étonnant qu'il soit tombé malade... enfin il était déjà atteint à la base...
Oooo
Hé hé hé, t'as dû la mâchouiller et la lécher ?
Je l'ai fait tremper dans de l'eau chaude et j'ai bu le bouillon
J'en ai assez des petites culottes. J'arrête aussi de les collec-tionner

Ha ha ha, ça c'est une bonne nouvelle. Quand tu sortiras de l'hôpital, trouve-toi une copine et prend ton pied de façon plus normale
Ghh, huh huh huh
Fouill' fouill'
Je n'ai pas besoin de copine, maintenant je collectionne ça !
Des... des chaussures à talons !?
C'est une infirmière qui me les a cédées
Haa haa haa...
Elle pue des pieds, j'adore cette odeur humide !
Rien à faire ...

SPÉCIAL 200ÈME ÉPISODE !!

Profil de l'auteur, deuxième partie

Nom véritable : Takahisa Fukutani
Date de naissance : 4 février 1955
Taille : 1m83 Poids : 70 kg
Groupe sanguin : B

Vit dans une habitation luxueuse d'un magnifique quartier résidentiel de Suginami......
Sa voiture est une Porsche Turbo (il possède le permis de classe A).
Il chevauche aussi des motos genre Ducati, Harley Low Rider etc.
Il est doué pour tous les sports, en particulier le windsurf, qu'il pratique comme un professionnel...
Il tient bien l'alcool, et vide chaque soir un verre de Rémy Martin...
Actuellement célibataire, il fréquente sans discrimination étudiantes, actrices, mannequins et autres.

autoportrait

Qui c'est qui va te croire !?
(voix du rédacteur en chef)

PETITES HISTOIRES VRAIES

C'est ça, c'est ça ! Ha ha ha ha ha, y avait une photo de toi dans la revue P, hein !? Dans un reportage sur les call-girls qu'on fait venir dans des love hotels !
350
T'es vraiment un dégueulasse !
Ha ha ha, vous m'embarrassez !
Ce genre de situation m'arrive parfois dans les bars
Ff... c'est dur d'être un intellectuel ...
Hé ...
Dégage !
Ah
!
Hips ! Eh, monsieur le dessinateur de mangas, tu voudrais pas faire mon portrait ?
Hein ?

Je... j'suis pas très doué pour les portraits, mais un autographe peut-être ...
Hips ! Connard ! T'es un dessinateur ou pas !? Prête-nous une feuille et d'quoi écrire, papy !
Tout de suite !
Je n'étais vraiment pas bon en portraits
Même le visage de Yoshio, j'ai besoin de faire un brouillon avant
En plus de ça quand j'ai bu de l'alcool, mon dessin devient n'importe quoi
Tu t'grouilles, là !?
Je me suis donc retrouvé à devoir dessiner ce yakuza, les mains saisies de tremblote
Ne... ne regardez pas tant que j'ai pas fini, ça me rend nerveux ...
J'vais décorer le bureau avec, alors applique-toi ! Hé hé hé
Suant par tous les pores de ma peau, j'étais au bord de l'évanouissement
Euh, votre nom ?
冷やっこ 250
レバ刺し 450
Ryûzaki. Hmm, t'as fini ? Montre

Tic tic
T'as... t'as du culot, toi...
...
Ha ha ha, on reconnaît un peu, non ?
Suis-moi dehors !!
Hieeh
Ouh...
Qu'est-ce que j'ai fait pour mériter ça...
C'est une histoire vraie, soit dit en passant

PETITES HISTOIRES VRAIES 2

Je ne peux pas te payer beaucoup…
C'est l'intention qui compte
Ce jeune homme était très poli, mais…
Rhooo…
Kanda ! T'endors pas ! Faut qu'on ait fini demain à la première heure !
Hein… ah… pardon…
Tu as bien recouvert de noir ? Montre-moi
Te-nez
Qu… qu… qu'est-ce que c'est que ça !?
Mais ça va pas ! T'as tout sali !
Ha ha ha, comment voulez-vous que je fasse ça à la perfection, c'est la première fois !

Ce jeune homme avait un appétit d'ogre
Mon estomac digère plus vite que les autres
Mais on vient de se faire livrer des tenpuras !
Par contre je commence à avoir faim
Crouiii
J'ai tellement de boulot que j'ai pas le temps de me trouver une nana !
Maître, pourquoi vous vous mariez pas ? La vie de célibataire c'est dur : faire la cuisine, assouvir ses désirs sexuels …
Il était tombé en plein dans le mille
Ta… ta gueule !
Ha ha ha, alors vous vous consolez tout seul, comme Yoshio !
Rhh …
Kanda, réveille-toi !
Pfuii, j'ai réussi à finir à temps

Comme j'ai demandé une avance, je vais faire un saut chez l'éditeur pour livrer les planches
Hein ...?
むくり！
Ha ha ha, mais ça c'est à l'assistant de le faire ! Vous devez être fatigué, reposez-vous donc
Ah, tu veux bien y aller ? Dans ce cas je vais te dessiner un plan. A dire vrai, ces derniers temps j'ai enchaîné les nuits blanches et je suis sur le point de m'écrouler
A ton retour, on ira se faire un bon resto !
Bien, j'y vais sur-le-champ
J'étais un peu inquiet, mais ce n'est pas mon genre d'être soupçonneux ...
Hélas mon inquiétude s'est trouvée justifiée !
Cet individu a disparu dans la nature après avoir touché mon salaire
Hé hé hé
Il est arrivé que mon éditeur me traite de "voleur de salaire", mais ce gars-là en était un vrai !
Ouh ouh ouh, meeerde !!
Rends-moi mon blé !!

PETITES HISTOIRES VRAIES 3

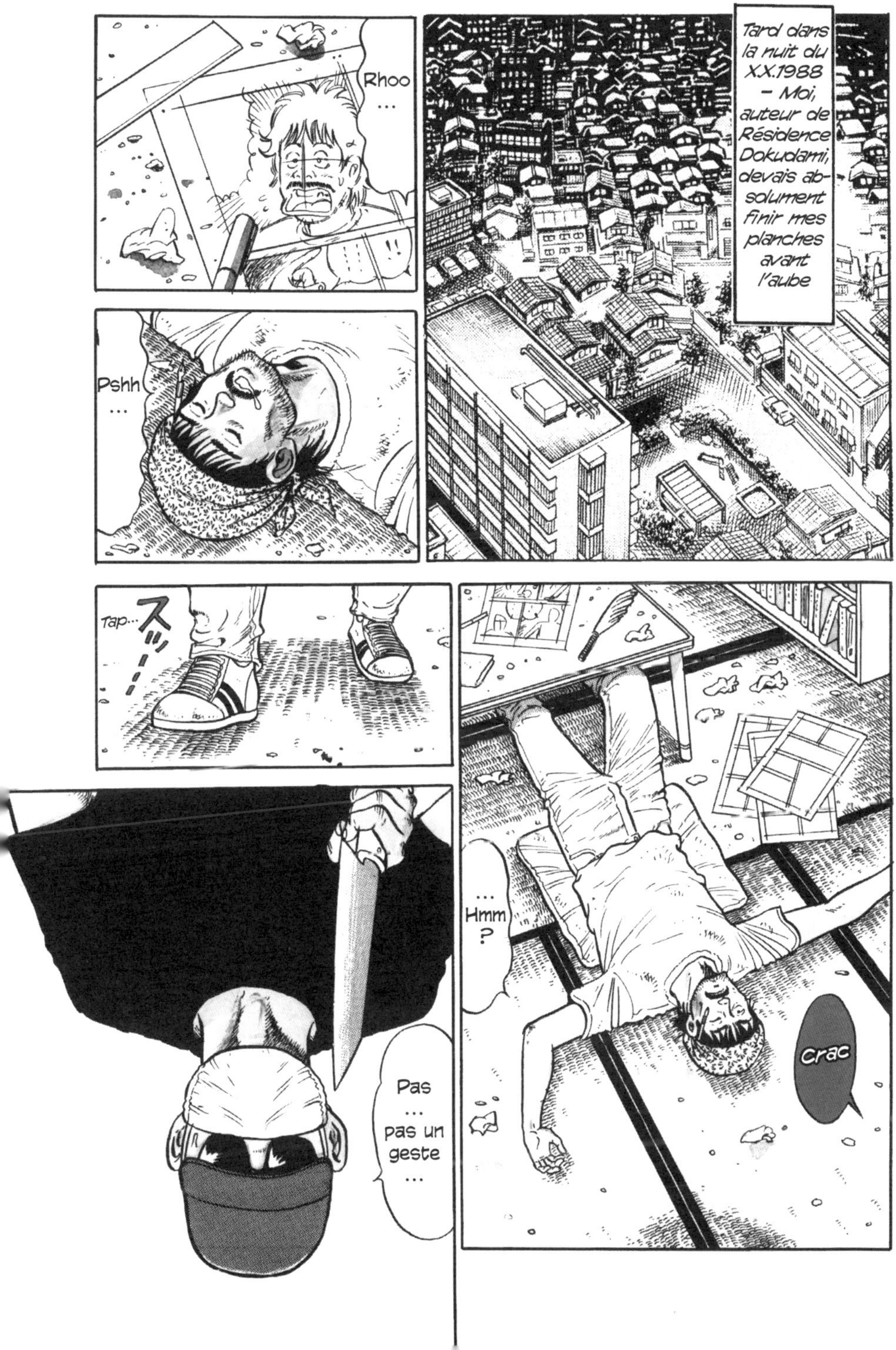

ムム
Qu... qu... qu'est-ce que tu veux, toi ...!?
J'ai l'air d'un représentant de commerce ? Sors tout l'argent que t'as ici !
Je... je n'ai aucun objet de valeur ! J'ai même pas encore été payé pour mes planches ...
Des planches ? T'es un artiste ?
Hein ? Euh oui... de l'art populaire disons, je dessine des mangas. Regarde ...
Eeh, mais j'connais ! C'est *Résidence Dokudami*, ça paraît dans Shûkan Manga !
Aha !!
Tu... tu connais vraiment !? Ouah ça fait plaisir !
J'suis fan depuis très longtemps. Le personnage de Yoshio me touche beaucoup

Vous travaillez seul, maître ?
Je vois, je vois
Quand j'ai débarqué à Tôkyô, j'étais plein de rêves et d'espoirs ... mais maintenant ...
Ouh...
"Maître" !? Tu m'embarrasses ! Ah ha ha ha ha !
Maître ! Laissez-moi vous aider !
J'aurais besoin d'aide, mais ça coûte cher d'employer un assistant de nos jours ... Avec mon salaire ...
On dirait pas comme ça, mais j'suis doué en dessin !
J'demande pas d'argent !
Hein ?

Je ne m'attendais pas à ça, mais j'étais tellement débordé que j'ai accepté son aide
Comme j'avais enchaîné les nuits blanches, je m'étais endormi sans m'en rendre compte...
Cui cui...
M... mais ... !
C'est peut-être le destin qui nous a réunis ! Faites-moi confiance !
Ha !
... hmm ... ?
Rmm rmm ...
!
Hum ... il est plutôt doué
Quand je me réveillai, il n'était plus là mais les planches étaient parfaitement terminées
Quelques jours plus tard, j'ai appris que ce jeune homme avait été arrêté en flagrant délit de cambriolage
J'ai été vraiment heureux de pouvoir vous aider. Bon courage, continuez de faire le bonheur de vos fans ! Moi aussi je vais essayer de repartir de zéro
Fin

MIDNIGHT MOVER

OOUUUh

ゴロッ
Putaiin
むくっ
Fff...
パチッ
Clic
J'ai la dalle...

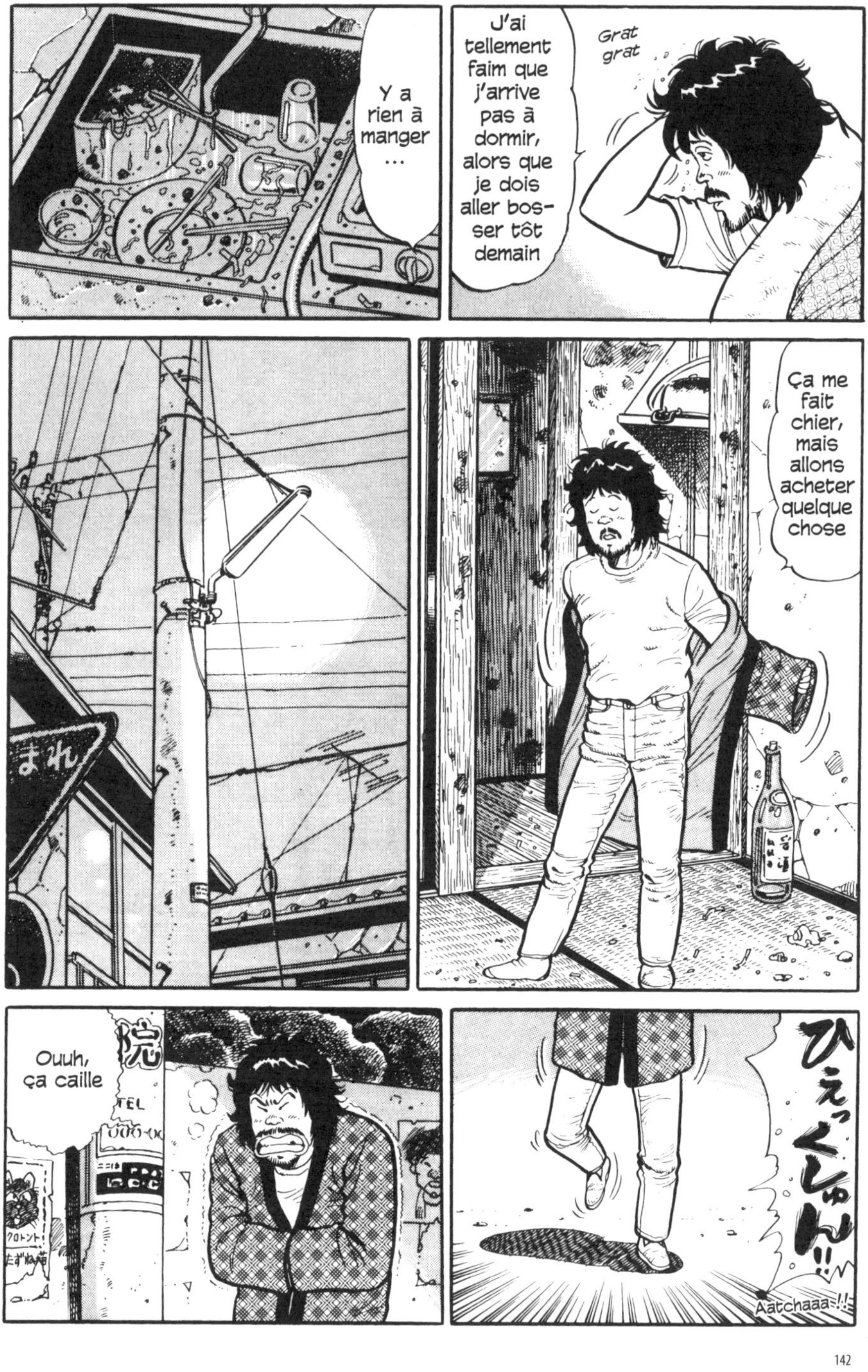
Grat grat
J'ai tellement faim que j'arrive pas à dormir, alors que je dois aller bosser tôt demain
Y a rien à manger ...
Ça me fait chier, mais allons acheter quelque chose
ひえっくしゅん!!
Aatchaaa!!
Ouuh, ça caille

Ma fortune se réduit a 520 yens... Si on compte le transport jusqu'au boulot, les clopes et la bouffe...
Il va falloir se limiter !
コンビニエンス24
Wiiii...

Huum, soba, yakisoba, lamen, udon… j'hésite…
Va pour les udon, et puis commes les pâtes sont épaisses, ça calera plus
S'il vous plaît …
65 yens
Voilà 65 yens …
Ah … !
Je… j'avais complètement oublié …
Que se passe-t-il ? Vous avez oublié votre portefeuille ?
Non, mais je… comment dire …

On m'a coupé l'eau et le gaaaz
Quel idiot !
J'avais un an de retard, ouh ouh ouuh
Je reviendrais, ha ha ha
Wiiii...
Fff, je pensais pas m'afficher comme ça
Tout ce qui est pain et plats préparés ça coûte cher
Ouuh, le vent du nord m'atteint jusqu'aux os !
Ffuiii...
Clac clac clac

Je vais pas réussir à dormir avec le ventre aussi vide...
Crouiii...
croc
Alors que demain j'ai un boulot important ...
Mm !
Pa la la la...
Un vendeur de nouilles ambulant ...!!

Leurs nouilles sont tellement bonnes... avec plein d'ail...
ごくり。
Gloups...
パラ ピラ
ゴト ゴト。
...
Si j'en mange, j'ai pas l'argent pour aller au travail ! Alors que j'avais trouvé un job payé 3000 yens la journée ...
J'en... j'en veux ...!!
Mais ...
ラーメン

Que faire !
Que faire !
Que faire !
Rhhah, et puis, rien à foutre !
S'il vous plaîît !
Haa, haa
Euh... c'est combien, le lamen ?
200 yens
200 yens !?
C'est... c'est pas cher !!
Vous voulez de la soupe avec ?
Hein ? Oui

...
Ha ha ha, vous savez, j'ai rien mangé depuis ce midi, j'avais tellement faim que j'arrivais pas à dormir
Et voilà ! Un lamen en soupe, 250 yens
bol en polystyrène
Vous pensiez quand même pas pouvoir manger un lamen garni pour 250 yens, à notre époque ...?
Dites-donc ...
Mais... mais... qu'est-ce que c'est que ça !? Y a que des nouilles !

Euh ça devient plus cher si on met de la garniture ?
Je vais vous montrer les tarifs...
Scrtch scrtch
Vous voulez des baguettes ?
Nouilles 200 yens
Soupe 50 yens
Paté de poisson 100 yens
Epinards 150 yens
Emincé de porc 200 yens
Pousses de bambou 100 yens
Poireaux 50 yens
10 yens la pincée de poivre
Ben évidemment ! Comment j'pourrais manger ça sans baguettes !
200 yens l'une ...
Tac...
400 yens les deux...
Tac...
C'est ... c'est un démon ... !!

Il faut que vous payiez d'abord...
Ça va, j'ai compris !
Rends-moi la monnaie !
Éhé...
ぐふっ
En fait, ce bol jetable coûte 250 yens...
Qu... Quoiii !?
スーーッ
Au plaisir ...
ラーメン
Att... Attend un peu ! Mais c'est de l'arnaque !

*Interdit de pisser debout et de chier assis ! **déchets non-recyclables : lundi, mercredi, vendredi déchets triés : mardi jeudi, samedi

*Jetez vos ordures aux jours indiqués

Je n'oublierai sûrement jamais le goût de ces lamens que j'ai mangés avec les doigts, tout en chiant, sous cette pluie impitoyable...
Shhh...
ouuuh
Prrout

UNE CHANSON DOUCE

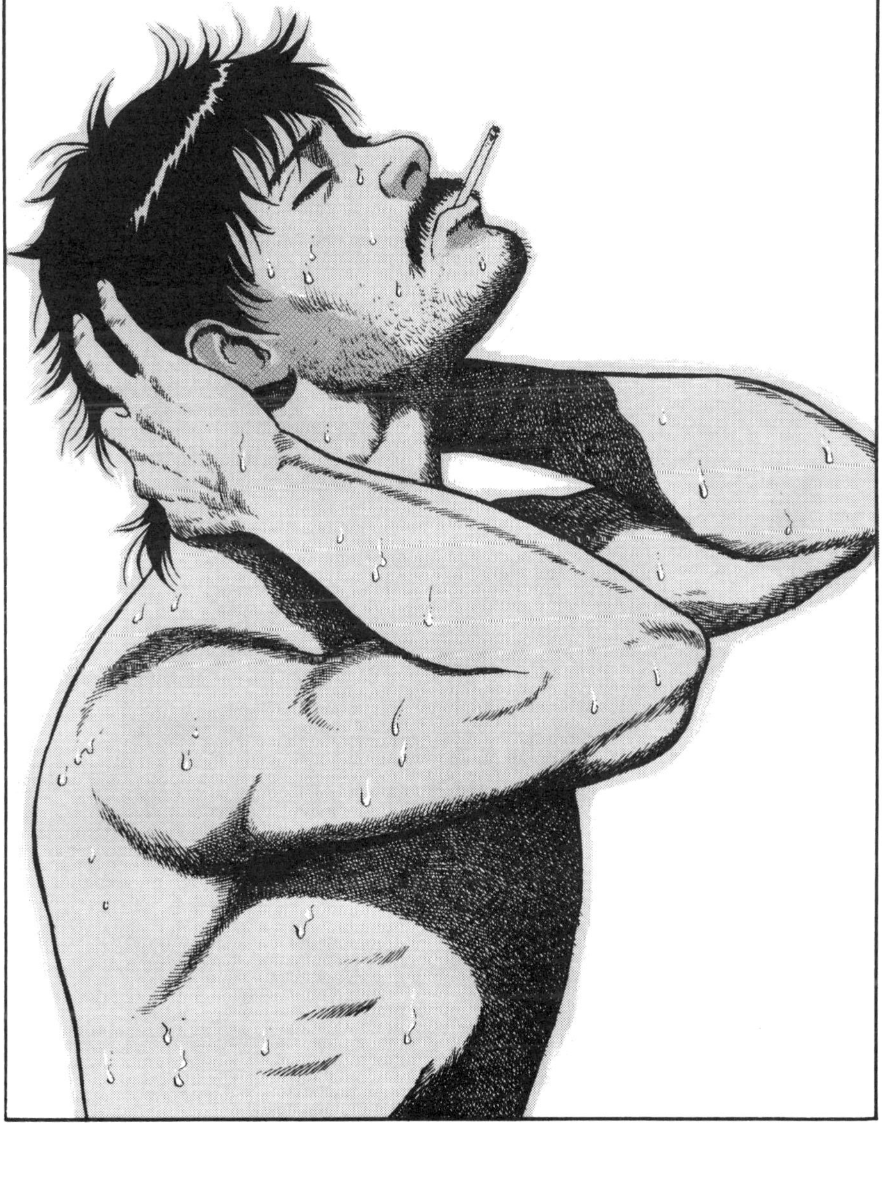

Cette histoire s'appuie sur des faits réels, mais les noms des protagonis-tes ont été modifiés
(j'me la pète, hein)
ガタタン
Tatam tatam
ゴトト
ガタタン
ゴトト
Tatam tatam

Aïe… !
ぬっ
… mm …
Hein !?
Mais… mais j'suis où, j'suis où, là… !

P... pourquoi j'suis à poiil !?
Pas d'er-reur ...
C'est une cham-bre de femme !
Pff, j'y comprends rien...
Toc !
Bom
Calme-toi, calme-toi... hier, c'était ...
歌舞伎町

Allez, ça faisait un bail qu'on n'était pas venus à Shinjuku ! Hic !
Hiiic ! On s'fait encore un bar ! Encore un !
Il n'y aura plus de trains, après
Comment qu'tu peux boire autant avec l'argent des autres sans sortir un sou d'ta poche ?
Rokuda, plantons-le là et pis on rentre
Comme on dit, y a rien de meilleur que l'alcool gratuit ! Ha ha ha ha
Beurk... !!

ゲロゲロ〜ッ
Beuueerk
Mm ?
Burp
Ouuh, hips !
ドロ〜ッ
Slurp
Putain... ma veste Givenchy ... !!
ギ
Ouaah

Hi... Hiromi, Rokuda, y en a un qui peut m'avancer...
Hein ?
Je... j'suis desolé, je vais payer le net-toyage à sec...
Et com-ment tu vas rattra-per ça ! Heiin !?
Eeh, attendez ! Vous pouvez pas m'faire ça !
Ouuh...! Vous pouvez me pisser dessus, me chier dessus... ! Mais lai... laissez-moi la vie sauve...
Heep'là ! On s'en-fuit pas

PAF !
Aïïe !
Après ça, j'me souviens de rien...
Ah... ! Mais où sont passés mon jean et mon sweat !?
Mm ?

Voici mon hypothèse !
C'est … c'est une photo de la fille qui habite ici ?!
Mais elle est super mignonne !
Ouuh …
Je ne la connais pas, mais je peux imaginer …
Il l'a bien mérité, ha ha ha
Ouuuh …
Il s'est fait tabasser par un yakuza
Il lui a gerbé dessus, c'est ça ?
Ça va aller ? Tenez bon !
Excusez-moi

Allez, accrochez-vous à mes épaules
Ouuuh
Il s'est bien démerdé
Y a des filles bizarres, quand même
Aïe !
Tac
Ce n'est pas bien grave
Je vous remercie de m'avoir aidé, alors qu'on se connaît même pas...
Je ne pouvais pas laisser quelqu'un à terre

Où habitez-vous ?
A... Asagaya, dans le district de Suginami ...
Il n'y a plus de trains...
Oh, je vais rentrer en flânant, ha ha ha ha
Je vous envie d'avoir quelqu'un qui vous attend à la maison
Ha ha ha ha, mais non, mais non, j'ai personne !

Tu veux boire ?
Ah... ou... oui !
Apparemment, elle a eu le coup de foudre pour moi ! Oui, c'est ça
Et évidemment, on en est venus à...

Aah...

Ouah le film !!
Mais je me demande où elle a bien pu aller
Est-ce qu'elle compte me séquestrer, en cachant mes vêtements quelque part ?
couic
Mm ?
Y a un truc sous mon oreiller …
!
C'est… c'est c'est, mais c'est !?
Une fille aussi mimi se sert d'un truc pareil !?

Elle devait être violemment en manque, j'étais son sauveur en fait !
En plus la mienne est plus grosse !
clic ☆
Wii... Wii...
Wii...
Ah... ah...
Ahaaan... !
Wii...
Wii...

Je pourrais pas montrer ce manga à mes parents...

Tiens, tu étais réveillé ?
ガラッ
vlan !
うふっ
Une réalité qui n'avait absolument rien à voir avec ce que j'avais imaginé était sur le point de se faire jour
ポロッ
Ploc

Comment ça vaaa ? Tu n'as pas la gueule de boâââ ?
Mais... euh vous êtes qui !?
Quoii, tu ne te souviens paas ?
En même temps ça ne m'étonne pas, tu étais tellement saoul
Mais alors, c'est vous qui habitez ici ?
Oui, tu étais évanoui sous le métro aérien de Shin Ôkubo hier soir
frttt
Sous... sous le métro aérien de Shin Ôkubo !?

Je ne pouvais pas te laisser là, alors je t'ai porté jusqu'ici ...
Ouuh
Mais qu'est-ce qui a bien pu lui arriver, pour qu'il boive autant ?
J'ai dû m'effondrer sur le chemin en rentrant vers Asagaya
Je suis allé acheter des plats tout chauds, mangeons ensemble, je vais faire du thé
日食チェーン
ほかほかべんとう
Euh...
Qu'est-ce qu'il y a ?
pof
Ce... cette photo...
Ah, c'est ma fille

Elle est mignonne, hein ? Mainte-nant on ne vit plus ensemble, pour certaines raisons
Vo… votre fiiille !?
Ouii ?
Miam miam
Euh… permet-tez-moi cette question indis-crète…
Oh comme je suis géné! Lui et moi on est insépa-rables, tu l'avais dans ta bouche tout à l'heure, j'ai honte
Ce… ceci vous appartient-il… ?

Beurp !
Ton plat va refroidir si tu ne le manges pas vite
Slurp...
Non... non merci ! Je n'ai plus d'appétit tout d'un coup...
Erkk
Ah, cela doit être la gueule de bois
Tu devrais prendre du thé
P... pourquoi j'suis tout nu ?
Vous... vous avez pas...!?
Qu'est-ce que tu racontes
Clic
J'ai mes goûts, quand même

J'veux rentrer, rendez-moi mes vêtements !
Ils étaient tellement sales, je te les ai lavés
Ça va mettre un certain temps à sécher
M... mais ...
Vous voulez pas me prêter quelque chose en attendant ?
Uhuh♡ mais oui

Euh...
C'est vrai que l'air circule bien, mais...
Uhuh ♡
Ça te va plutôt bien
N'importe quoi !
C'est juste en attendant que tes vêtements sèchent
ふう
Pfff
Je commence à avoir mal au crâne...

Je m'appelle Franck Kamahori, mon vrai nom c'est Denkichi Kamahori, enchanté
Je m'appelle Yoshio Hori, veuillez m'excuser pour tout le tracas que j'ai dû vous causer hier soir
Tu m'as l'air d'être un célibataire sans emploi fixe, vivant au jour le jour, mangeant de façon irrégulière... n'est-ce pas ?
Ou... oui, vous êtes perspicace, ha ha ha ha
Tatam tatam
Et vous, que faites-vous comme travail ?
Moi ?

Un bar... vous voulez dire un bar à tantouzes ?
J'ai un bar à Shinjuku, enfin, je ne suis que le gérant
Fff
Malgré les apparences, autrefois, j'étais un employé de bureau tout à fait ordinaire
On dit "bar gay", comme tu es malpoli
Ha ha ha c'est quoi la différence ?
Hein ?
... c'est quoi ce dossier ? Heiin ?

Mené au doigt et à l'œil par un supérieur qui a douze ans de moins que moi ...
Comment ça, "heiin", ressaisis-toi un peu ! C'est plein d'erreurs !
Veu... veuillez m'excuser ...
Ça ne sert à rien de t'excuser ! Corrige-moi ça d'ici ce soir, quitte à faire des heures sup' ! Tu as compris ?
Oui...
Tap tap
Tout était sans intérêt
L'entreprise, la famille ...

Loin de se résorber, mon stress ne faisait que croître
Tatam tatam
...
Je suis fatigué...
clac
Fff...
Ah ha ha
Hi hi hi

Clac
カチャッ
Bon-soir ...
Hi hi hi
Il y a quelque chose à manger... ?
Ah, tu es rentré
Il y a du riz cantonnais dans la cuisine, tu n'as qu'à le réchauffer
Oui ...
Tu nettoieras après avoir mangé, et fais cuire le riz pour demain par la même occasion
Oui...
J'étais à bout

ジャ～ッ
Fshhh...
チャッ
Clac
Ah c'était bon
!
Oh, mais qu'est-ce que tu regardes ! Vieux pervers !
Ah...r rien, je... je suis désolé
J'ai laissé l'eau chaude, si tu prenais un bain ? Nettoie bien après
Oui... j'ai compris

Hmmm
C'est trop cruel !
J'ai froid
On n'y peut rien... j'étais un employé bas de gamme qui ne sortait pas d'une situation médiocre ...
Mais... comment vous en êtes venu à travailler dans un bar à tan-tou... euh, un bar gay ...?
Un jour, en tour-nant les pages d'un magazine érotique ramassé dans la poubelle d'une gare ...

♡ Club des travestis ♡
Vous aussi, rejoignez notre amicale et transformez-vous !
Salariés, médecins, peintres etc., pleins de camarades formidables
Grand choix de robes à votre goût
Droits d'inscription 10000 yens
cotisation mensuelle...
gratuit pendant un mois
Un... un club de travestis !?
コクリ...
Je n'étais pas sensé avoir ce type de penchant ...
C'est quoi cette position alors ? Ça vous va étonnamment bien
うふっ
On a tous un désir de métamorphose
Donc vous êtes entré dans ce club

Uhuh

Le propriétaire a flashé sur moi
Comme tu me plais...
Aah... ! Dire qu'il existait un monde pareil... !
Évitez de mettre en images les flash-back !
Je me demande si ce penchant était inné chez moi ...
Ah !
Mes... mes vêtements doivent être secs
Écoute-moi jusqu'à la finnn

Depuis, je ne peux plus résister au plaisir de me travestir...
Ce qui vous a conduit à travailler dans un bar gay...
Mais finalement, vous avez abandonné travail et famille...
Ça ne s'est pas fait tout de suite : mon travail m'ennuyait, mais quand je pensais à ma famille, je ne pouvais pas arrêter...

Écoute-moi donc... Au début, ce n'était qu'au sein du club que je me plaisais à me travestir ...
Mais je me suis mis à sortir ainsi vêtu
COFFEE
Tac tac
Mon cœur battait à l'idée que les passants puissent se rendre compte que j'étais un homme
Y en a pas un qui s'en apercevrait pas !

Je me suis demandé ce que je ferais, si un homme venait me draguer
Per-sonne, personne !
C'était comme si le regard des gens me transperçait...
Uhuh♡ Ils sont tous fascinés par ma beauté
Même si je croisais des gens de ma boîte, personne ne me reconnaîtrait
E... excuse-moi !
ギクッ
Hein ?

Ça... ça ne sert à rien de venir me parler, je... je euh...
Qu... qu'est-ce que tu racontes ! C'est... c'est bien toi, Kamahori !?
C'était la voix du supérieur qui me menait toujours à la baguette
Je n'y croyais pas quand je t'ai croisé tout à l'heure, mais...
Vous... vous faites erreur, oh ho ho ho..
Ah... ! Attend !

J'ai eu peur, j'ai cru que mon cœur allait s'arrê-ter
Ha ha ha ha ! Évidemment que vous vous êtes fait griller !
Le lende-main, quand je me suis rendu au travail, comme je le craignais ...
Je suis persuadé que c'était lui
Mon dieu, c'est dé-goûtant, monsieur Kamahori avait ce type de penchant ?
Ha ha ha, c'est pas vrai, j'y crois pas

N'est-ce pas ? Hein ? Dis-le franchement !
Pervers sans cervelle !!
Je vous répète que...
Toute la boîte a fini par être au courant de mes goûts ....
D'accord ! Comme c'était trop dur de rester, vous avez arrêté
Non, j'ai continué, même sous les regards insistants de mes collègues
Et vous continuiez à vous travestir comme avant ?
On n'arrête pas ce genre de choses si facilement, c'est un univers complexe ...

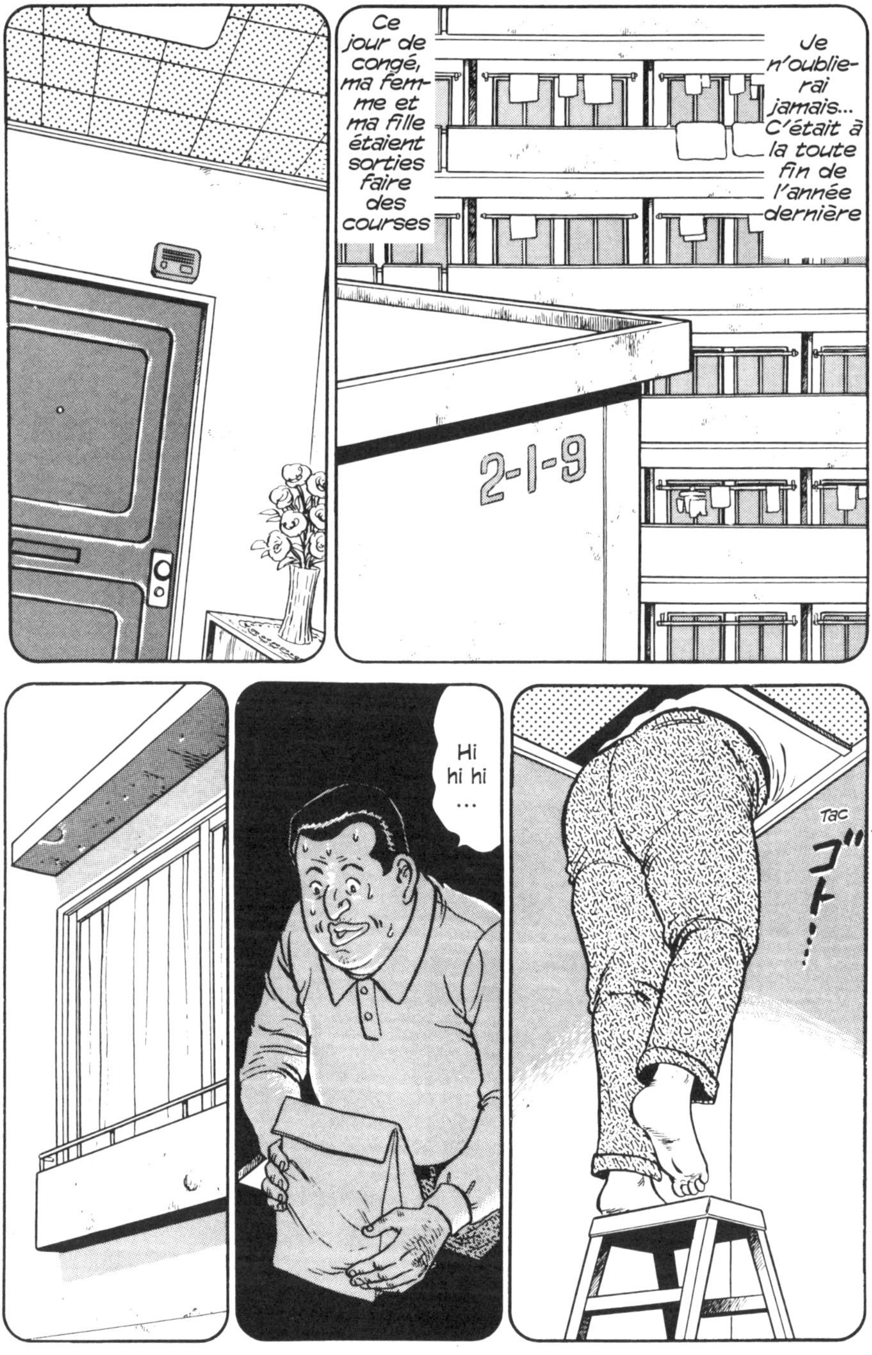
Je n'oublierai jamais... C'était à la toute fin de l'année dernière
Ce jour de congé, ma femme et ma fille étaient sorties faire des courses
2-1-9
Tac
ゴト…
Hi hi hi ...

はあぁあ
Haaa...
Comme je souffre...
Haa
Haa
Haa
Haa
Haa
Haa
Je vous ai dit pas de flash-back scabreux dans des cases aussi grandes
Je baignais seul dans un état d'extase à faire tourner la tête...

Sans me rendre compte que ma femme et ma fille étaient rentrées…
Ché… chéri… !! Mais qu'est-ce que tu fais !?
Wiii… wiii…
Elles avaient l'air d'être assez choquées toutes les deux…
Aïe aïe aïe, ça c'est terrible !
Vo… votre famille vous a vu !? En train de… !?

En désespoir de cause, j'ai aussi démissionné
Et évidemment elles vous ont mises à la porte
... et ensuite ?
Choquées, le mot est faible !
Sans même que j'aie le temps de trouver une excuse, on a tout de suite parlé de divorce ...
Les membres de l'amicale sont devenus des habitués, et ça marche assez bien
J'étais à la rue, et c'est là que le propriétaire du club m'a loué cette chambre, ainsi que le bar

Dis donc !
Tu devrais venir ce soir !
J'ai pas un rond, et puis un bar gay …
Uhuh♡ Je ne prends pas d'argent aux pauvres
Si vous voulez me faire boire du saké gratuit, pourquoi pas ! Ha ha ha ha
Oh, il est déjà si tard ? Allons prendre un bain ensemble
Hein ? Euh… oui
Hi hi
Me… me collez pas comme çaa !

Ce travesti habite dans mon immeuble
Si tu déménageais ?
Psst psst …
商店街
On a l'air de nouveaux mariés, comme ça
Tchac
Pouah !
N'importe quoi !
キッ
M… monsieur Kamahori
Qu'est-ce que vous avez, vous
N… n'approche pas
… allons nous-en
Crrrr …

Ne me prenez pas pour une idiote!!
きゃあああっ
Hiii
Ha ha ha, vous avez une voix impressionnante !
Pfff
あいらぶ湯
ゆ

Coucouuu ! Aujourd'hui je viens avec un ami
Bien-ve... !
Vlan
Ça fait un moment que je voulais vous le dire, mais ...
À moi ? De quoi s'agit-il ?
Voilà, pour deux personnes
Ting !
Je... je suis désolé, mais vous ne pourriez pas aller dans d'autres bains publics ?
Hein ? Pourquoi ? Il s'est passé quelque chose ?
Euh, hum... et bien...
J'ai perdu beaucoup de clients ces derniers temps
Dis donc !
Comment çaa ? Mais qu'est-ce que ça veut dire ?

Quoi qu'il en soit, si vous pouviez aller ailleurs ...
Mais dis-le franchement ! Heiin !?
A... allons-y ! Monsieur Kamahori !
Pff, ce vieux pervers matait toujours mes fesses en salivant
Ha ha ha... vous devez vous tromper
Dans le bar, passe encore, mais dans le quotidien, vous devriez vivre comme un homme ordinaire ...
Ce n'est plus possible ...
ff...
Je suis toute imprégnée ... complètement ...
Pom !
Ha ha ha... je comprends mais bon ...
C'est vrai que ce travesti était laid, mais, sans savoir pourquoi, je commençais à apprécier Franck Kamahori

On laisse tomber les bains publics pour aujourd'hui ?
Je me purifie toujours avant d'aller au travail
Je suis propret malgré les apparences, et puis c'est la moindre des choses vis-à-vis des clients
Ben oui mais dans le coin, ils vous...
Suis-moi
Ouais ...

Tatam Tatam
Si vous louiez un appart avec une baignoire, plutôt que de prendre le train pour aller aux bains publics ...
Oui, je pense, mais...
Si c'est le quartier d'à coté, ça devrait aller
C'est trop petit ... alors que dans les bains publics, c'est spacieux et agréa-ble
Oui oui, c'est ça ...
Et puis j'aime tellement exposer mon beau corps nu devant la populace... uhuh♡

花の湯
カコーン
Tu as un plus beau corps que je ne croyais, et ta peau est toute fine
Ha ha ha, ah... ah bon !
Uhuh♡, je vais te laver devant aussi
Ah... ! Ça ira ! Pas... pas de-vant..
Ils sont pas bizar-res les deux, là ?
Ils sont en-sem-bles, c'est sûr

もみもみ
Mass' mass'
Ah... !
A... attendez !
Laisse-moi faire, huh huh huh♡
J'ai pas pu empêcher l'érection
おお…
Ooh...
M... mais c'est ma marque de fabrique ...
Dis, tu devrais raser cette barbe de plusieurs jours, en plus ça fait sale
Vous ... vous croyez ...
Ça te rajeunirait, je suis sûr que ça t'irait bien
Frot' frot'

J'ai l'impression d'avoir l'air idiot...
Tu avais déjà l'air idiot, donc c'est très bien comme ça
Vous... vous êtes assez franc dites donc, ha ha ha...
Tu ne veux pas essayer de te maquiller, toi aussi ?
Hein !? Me... me maquiller !?

Ha ha ha ha, non... non merci ! Je n'ai pas ce genre de penchant...
Uhuh♡ C'est juste pour s'amuser, je vais te le faire
Ta vision du monde va peut-être changer
Ah... n... non, vraiment ...
Tu comprendras sûrement mes sentiments
Je... je n'ai pas besoin de comprendre !

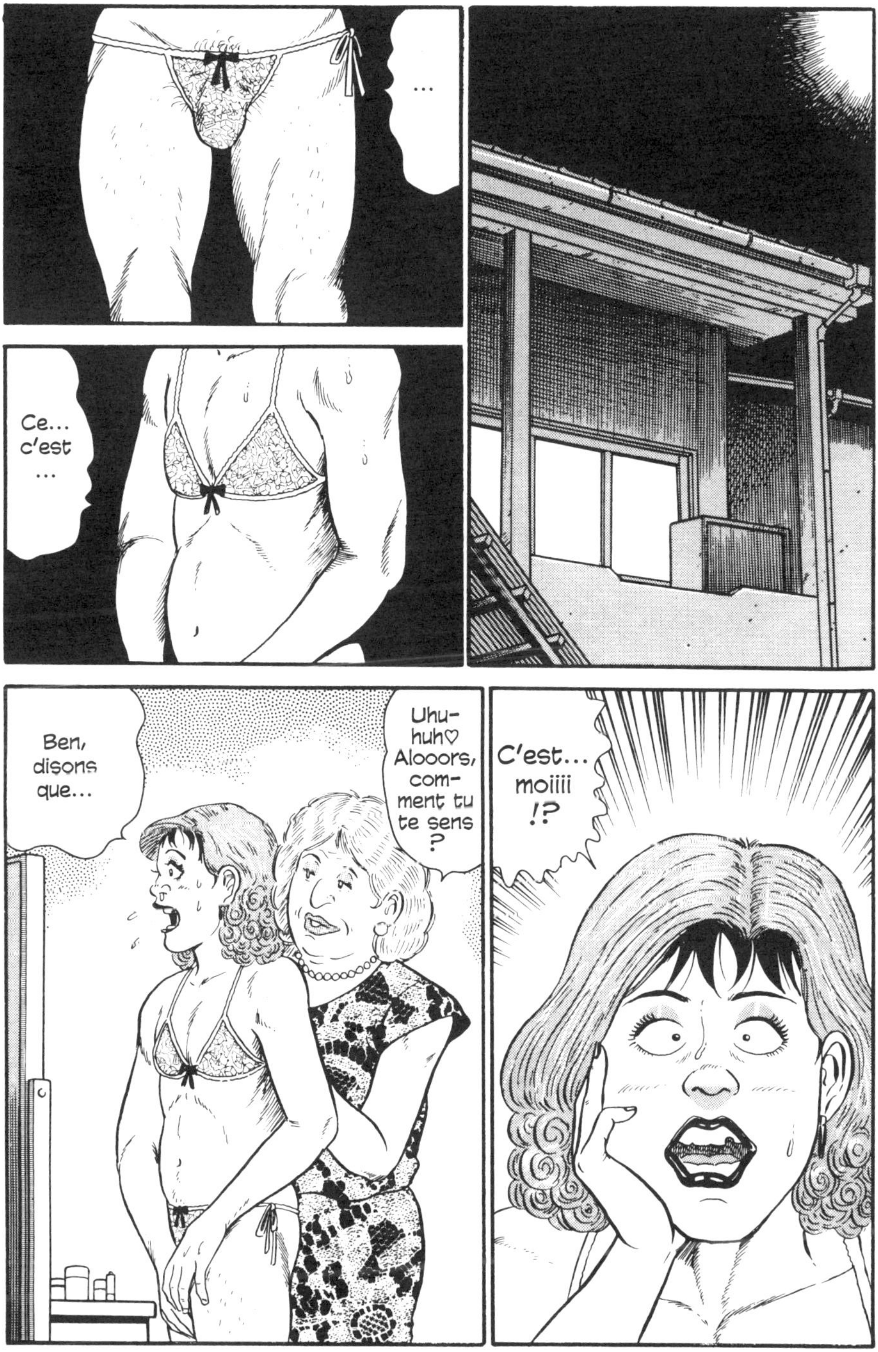
...
Ce... c'est ...
Ben, disons que...
Uhu-huh♡ Alooors, comment tu te sens ?
C'est... moiiii !?

Ah... aah, j'ai l'impression que je comprends ...
Tu n'as pas comme des frissons partout ?
Hé là !
Hein, moi aussi je sors deguisée !?
Allez, enfile ça et allons-y
M... mais... !
Rien à craindre, tu es une superbe femme aux yeux de tous, uhuhuh♡

Tap
tap
新宿駅
Shinjuku Station
Bah, c'est pas à Shinjuku que je vais tomber sur...
Je suis sûr que personne ne te reconnaîtrait
C'est... c'est-y pas toi, Yoshio !?

Qu... qu'est-ce que tu fiches ? Dans c'te tenue !
T'es pas rentré, hier
Tu les connais ?
On aurait pas dû t'abandonner comme ça
On était inquiets, alors on est venus te chercher avec Hiromi
Vous... vous faites erreur, je... je suis ...
くるっ
Quess'tu racontes, avec cette voix de fausset
Mais qu'est-ce qu'il s'est passé ?
Elle vous dit que vous faites erreur !
...
Allons-y Kama-chan !
ダッ
Ah... !
M... m'sieur Hori !

Attends-moii ! Yott-chan !
Tap tap
Et c'est qui, avec lui ?
Mais quess qu'il a dans la tête ...
新宿ゴールデン街
Trinquons
Santé !
tchin
スナック
マリン
GAY BAR
フランク
...

Uhuhuh♡ Tu peux m'appeler Kama-chan, comme tout à l'heure
C'est toujours calme à cette heure-ci, surtout en semaine
Dis... dis-moi, Kamahori
Kama-chan, tu n'es plus du tout intéressé par les femmes ?
Je préfère les hommes, ils sont plus simples. Les femmes sont si compliquées...
clic
Oui, c'est sûr qu'entre hommes c'est plus simple...
Et puis ils s'y connaissent mieux en zones érogènes, uhuh♡
Ha ha ha ha... Oui, en théorie

Un peu… Mais ma femme est encore jeune, elle va sûrement se remarier …
Tu n'es pas préoc-cupé par ta femme et ta fille … ?
Tu sais, le pro-priétaire du club, je t'en ai parlé
Heiin !? Sérieux !? A… avec qui !?
Ha ha ha, mais toi tu ne vas quand même pas faire pareil…
Fritch
Mais j'y songe …
Dans le passé, il a été marié deux fois… Mais à chaque fois, ça s'est terminé par un divorce
Huh
Mais… mais il n'est pas marié et père de famille ?

J'envisage de changer de sexe pour lui
Chan... changer de sexe !
Tu... tu vas te couper la biiite !?
Oui...
J'aimerais enlever mon pénis et greffer un utérus dans lequel on aurait implanté un ovule
Mais si tu fais ça, si ça se trouve...
Il y a des chances que je sois enceinte
Si je le pouvais, j'aimerais bien avoir un bébé... Uhuh♡
Areuh
...

Criii
Bienve... !
Kyah, Monsieur Kito !
Salut
Clac
C'est rare de voir une femme ici
Ah... euh non
Je te présente Yoshio-chan
Yoshio-chan ? Alors tu serais un homme ?
Hein !? Euh... oui, si l'on peut dire... ha ha ha hah

Ça lui va bien, n'est-ce pas ?
Ha ha ha...
Oui, et puis tu es bien maquillé
Ce... c'est Kama-chan qui me l'a fait
Monsieur Kito, que désirez-vous boire ?
Comme d'habitude
...
Cocktail de liqueurs d'aspic et de vipère, c'est ça ?
Oui, avec un peu d'ail râpé dedans, s'il te plaît
Berk

Yocchan, c'est lui dont je te parlais tout à l'heure...
Ah... ! Vous êtes le proprié-taire du club ?
Ça te dit de t'inscri-re ? Tu t'amuse-rais bien
Je te fais cadeau des frais d'admis-sion
N... non, j'ai pas les moyens, et et puis...
Arrêtez d'imagi-ner des choses à son sujet, monsieur Kito
Hah hah hah hah, mais qu'est-ce que tu racon-tes !
ビクッ
Que se passe-t-il ? Yochan

Hé hé
Euh non, r… rien…
Comme tu es bizarre
Couic
Gh huh huh
Ha ha ha…
Mais il va pas bien ce mec !
Allez ! Si j'allais manger de la tortue, ça fait longtemps
Emmène-moi avec toi
Qu'est-ce que tu racontes, tu dois travailler ici
ガタッ
Yoshio-chan, c'est ça ? Alors ? Ça te dit de m'accompagner ?
N… non, je… je…
…

Les jeunes comme toi n'ont pas à jouer les timides. Allons-y
M… mais je…
スナック
マリン
GAY BAR
フランク
バタム
Vlan
…
Pff, mais non, je n'ai rien à craindre
clic
すっぽん料理
かもん
かもん

Blouc blouc
Alors Kamahori t'as ramassé dans la rue avant de t'emmener chez lui ?
Ou... oui, il a même lavé mes vête-ments pleins de vomi...
Hum, il ne s'est quand même pas passé quelque chose entre vous ?
quelle horreur !
N... n... non il s'est rien passé ! Ha ha ha ha
Le cou de la tortue est par-ticulière-ment bon, la viande est très tendre ...
Vous sa-vez, Kama-chan est vraiment amoureux de vous
mach mach
Je sais

Vous aussi, vous...
Oui... J'ai connu la même situation, alors j'éprouve une curieuse sympathie pour lui...
Depuis, on a partagé le même lit à plusieurs occasions ...
Mais je songe à arrêter ces relations anormales ...
A... arrêter... !?
Je n'ai pas encore fondé de famille ... Je n'ai pas envie de vieillir et mourir seul ...
... Et donc ?
ハフハフ
C'est pas mal la tortue quand même

C'est Kama-chan qui me l'a dit, mais il paraît que vous avez déjà raté deux mariages ?
Je compte essayer le mariage arrangé. Si je trouve quelqu'un, je l'épouserai, et peut-être qu'ainsi j'aurais un héritier...
Mais on dit aussi que la troisième est la bonne
C'est possible ...
...
Ff...
Oui... à cause de mon penchant inné pour les hommes
Ben ça va encore foirer, alors !
En continuant à travailler au bar, il trouvera sûrement quelqu'un de bien
Vous faites quoi de Kama-chan ? Hein !

Il... il dit qu'il veut se marier avec vous et avoir un enfant ...
Ha ha ha, mais il délire !
C'est vrai que la médecine a fait des progrès, mais comment un homme pourrait avoir un enfant
N'importe quoi !
Clic
Je suis d'accord, mais il paraît que ça serait possible en enlevant le pénis et en greffant un utérus avec un ovule implanté ...
En tous les cas je veux faire un vrai mariage ! C'était pour lui en parler que j'étais venu au bar, mais...
Il sera sûrement triste ...
Bois ça, pour faire passer le gras de la tortue
Ah... merci, c'est pour l'estomac ?

Vraoum...
Hé hé hé ... Le somnifère semble avoir fait son effet
Rrhooh rrhoh ...
Rrhanh
Son visage endormi est si mignon
Rhaah ...
Fouill' fouill'
C'est la dernière fois que je touche à un homme

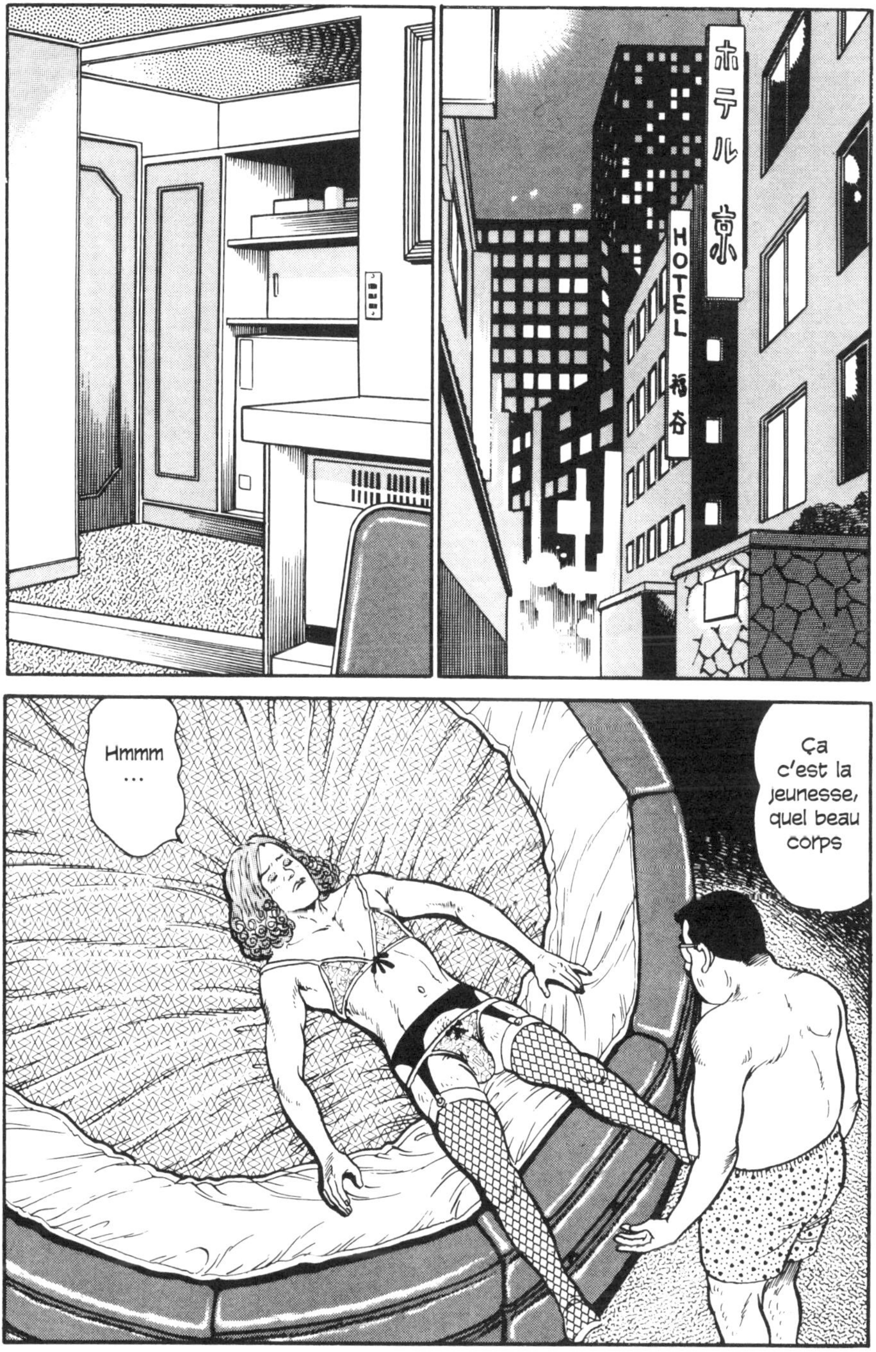
ホテル京
HOTEL
Ça c'est la jeunesse, quel beau corps
Hmmm …

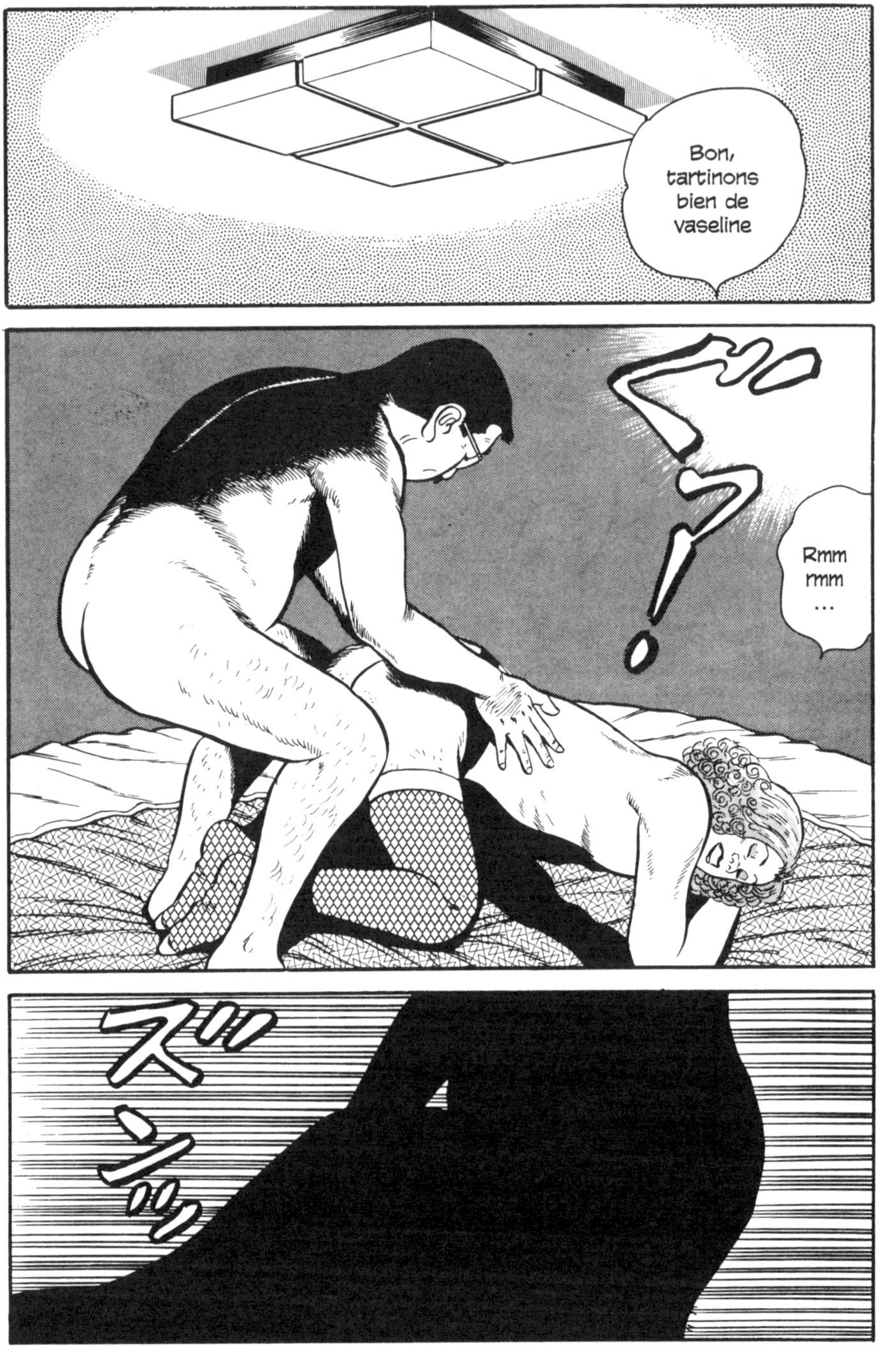
Bon, tartinons bien de vaseline
Rmm rmm ...

チ チ
Cui cui
チチチ……
チュン
チュン
HOTEL
菊
...
mmm
...

J... j'suis où, là !?
... !
Aïe !!
Douleur
Mais c'est quoi, ça !? J'ai pas d'hémorroï-des !
Du sang ... !?

Hier, j'suis allé manger de la tortue avec ce type …
Mon… mon cul vierge… il aurait !!
Kyah !
メルモ
中田パン

Ouuuh aïe aïe aïe ... !
Il me l'a bien éclaté ...
J'vais lui soutirer un paquet pour les frais médicaux ! Putaiin !
Kama-chan est peut-être inquiet ...
S'il apprend que je suis allé à l'hôtel avec ce type, il sera sûrement furax ...
COFFEE
Fff... je ferais peut-être mieux de rentrer...

Toc toc
Kama-chan, t'es lââ ?
Clac
Est-ce qu'il dort encore ... ?

Tu... tu dors ?
...
Désolé de t'avoir inquiété, hier soir je euh ...
Fff...
Hein ? Ah... ah, j'suis allé manger de la tortue avec ce type...
Je... je viens juste me changer, et après je rentre ...
Qu'est-ce que tu as fait après, hier soir ?

Et après ?
Et... et après ...
Et après t'as fait quoii !? Heiin !?
あ?!
Où est-ce que vous êtes allés tous les deux !?
5 6
Ah... n... non, en... en fait ...

Où est-ce que tu as dormi ?
N... non, je ne pense pas avoir bu tant que ça ...
Je... je sais pas pourquoi, j'ai perdu conscience tellement j'étais saoul...
Tu as bu comme un trou, comme ce n'est pas toi qui payais ...
Clic
Tu mens !
Ou... oui, c'est ça ...
Quand je me suis réveillé, je... euh...
T'étais encore vautré sur le trottoir ?

Où est-ce que tu as dormi avec lui !? Dis-moi la vérité !!
Ghghh ... !! Tu... tu m'étrangles ... !!
Dis-le moi !!
Bam !
Aïe !
Ã... à l'hôtel !
Ã l'hôteel !?
Tu as été à l'hôtel avec lui ... !!
Je m'en souviens pas du tout, mais ...

Tu as mordu la main qui te nourrissait !!
わっ
Ouah-!
Crac-!
Ghyaaaah!!
AÏE AÏE AÏE !!
Ben quoi !? Tu exagères !

Ouuuh ! Mon... mon cul ... !
Tes fesses ... !?
Tu... tu l'as fait au point de te déchirer l'anus !?
J... j'te dis que j'me souviens de rien !
Douleur Douleur
Change-toi vite et disparais !!

… Pff quelle histoire !
Alors que c'est moi le plus malheureux dans tout ça…
Excusez-moi …
Hein ?

Je cherche la résidence "Les Pêchers"
J'suis pas d'ici, alors...
Elle me rappelle quelqu'un
J'ai l'adresse...
Voyons voir
Mm !?
Shin Ôkubo 4-16 Chambre 3 Denkichi Kamahori
Mais... c'est l'adresse de Kama-chan... !!
Euh, vous connaissez mon père ?

On ne vit plus ensemble pour certaines raisons. J'ai reçu cette lettre récemment…
Ton… ton père !?
Chez Kama-chan. Tu es mignonne, contrairement à ton père !
Moi ? Mais où ça ?
Mais oui ! Je t'ai vue en photo !
Vous le connaissez bien ?
On… on peut dire ça ! Il m'a pas mal rendu service ! Ha ha ha
Dites-moi où il habite
富士保育園

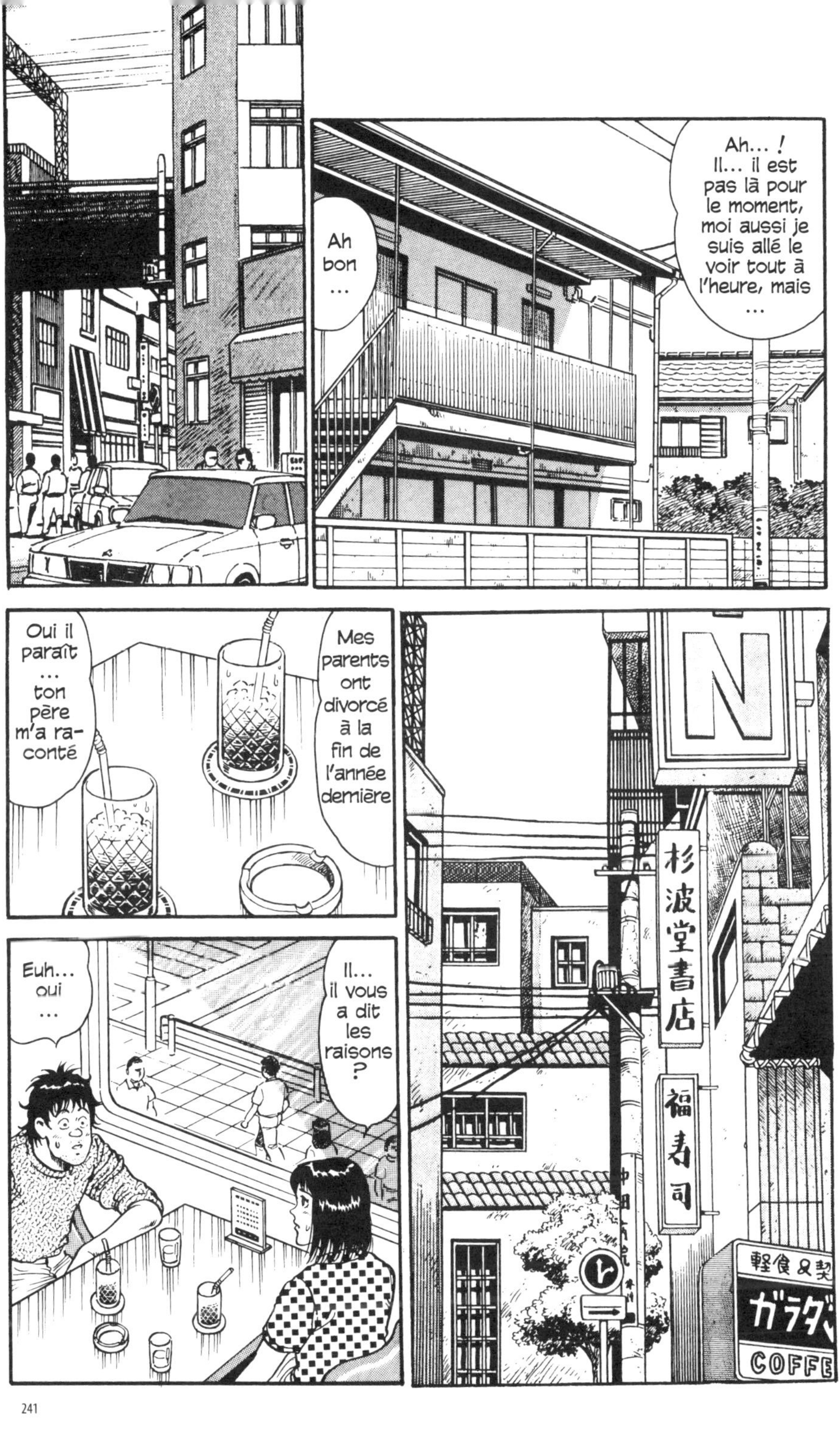

Ah... !
Il... il est pas là pour le moment, moi aussi je suis allé le voir tout à l'heure, mais ...
Ah bon ...
杉波堂書店
福寿司
Mes parents ont divorcé à la fin de l'année dernière
Oui il paraît ... ton père m'a raconté
Il... il vous a dit les raisons ?
Euh... oui ...

Mais... mais il me semble qu'on peut le comprendre ...
Oh non ! La honte !
Ben... comment dire, ce que ressent ton père
Gratt gratt
Comprendre quoi ?
Oui, même si c'est vrai que le résultat est un peu excessif
Devenir un autre ?
C'est un pervers, tout simplement
Du point de vue de la société, peut-être, mais ton père a voulu devenir un autre

Il était exténué, par son travail, sa famille ...
Il a cherché à évacuer son stress en se travestissant ...
はあああ…!
Haaa...
Tu avais quelque chose d'urgent à lui dire ?
Ça ne presse pas, mais ...

Qu'est-ce qu'on fait ? On essaye d'aller chez lui ?
Non, je reviendrai. Et puis j'ai des choses à faire ...
Tu sais, il est toujours aussi excentrique, peut-être qu'il vaut mieux que tu ne le voies pas ...
Je dois lui parler de quelque chose ...
Ah... qu'est-ce que tu veux lui dire ?
Ma mère va peut-être se remarier
C'est pour lui annoncer ça ?
J'ai pensé qu'il valait mieux le tenir au courant ...

Hein ? Ah... comment dire, ça serait avec un homme...
A... avec qui ? Quand même pas... !
D'ailleurs ton père aussi songe à se remarier
Hein ? Mon père aussi !?
A... avec un hom-me...
Pff... Mais qu'est-ce qu'il a dans la tête...
Mais son partenaire n'est pas tellement pour
En fait... si c'était possible, j'aimerais que mon père revienne
Heiin !? T'es... t'es sérieuse !?

Tu voudrais te réconcilier et recommencer, tous les trois ensemble ?
Je n'ai pas envie d'un nouveau père maintenant ...
Je comprends, vu ton âge
C'est pas possible que ça marche
N'est-ce pas ?
Mais je pense que ton père n'a aucune intention de se réconcilier
Oui, sûrement ...
Avec ma mère, on était toujours en train de nous moquer de lui, parce qu'il n'arrivait pas à sortir de sa médiocrité...
C'est peut-être pour ça aussi, qu'il est devenu comme ça

Qu'est-ce qu'il fait comme travail, maintenant ?
Hein ?
Ah... il travaille dans un bar, à Shinjuku ...
Hein ? Vous voulez dire qu'il est barman, ou...
Oui, en quelque sorte ! Ha ha ha ha
Si vous voyez mon père, pouvez-vous lui faire part de ce que je vous ai dit ?
Ou... ouais, entendu

Trois jours que j'étais pas rentré …
Ça faisait longtemps
À partir de demain, fini les mauvaises habitudes, il faut que je cherche du boulot …
あっ!
Ah !
Ka… Kamachan !!
Coucou
Ta chambre était atrocement sale, alors j'ai fait le ménage

Quand on était aux bains publics, tu m'as dit que tu habitais la "Résidence Dokudami", à Asagaya
Co... comment tu m'as trouvé ... !!
Je suis allé au poste de police devant la gare, on m'a tout de suite indiqué le chemin
Ah... Ah bon ! Ha ha ha
Ah... Non, c'est... c'est moi qui ...
C'est de ma faute. À cause de moi...
Tu voulais me dire quelque chose ?
Je voulais m'excuser pour ce matin ...

Je... je me souviens qu'il m'a donné un médica-ment pour l'estomac après la tortue ...
Il a dû te faire prendre un somnifère avant de t'emmener à l'hôtel
C'est parce que je t'ai travesti et amené au bar que c'est arrivé...
Euh oui, c'est vrai ...
Et tu veux toujours te mettre avec ce type ?
Il a déjà usé de cette techni-que avec d'autres hommes...
Mais tu sais, il n'a pas l'intention de vivre avec toi
Je l'aime. Je comp-te passer l'éponge sur tout ce qu'il a fait jusqu'ici

Qu... qu'est-ce que racontes !?
Il a dit qu'il voulait arrêter cette relation anormale et faire un mariage sérieux ...
Il a déjà divorcé deux fois à cause de son penchant pour les hommes ! Comment veux-tu qu'il fasse un mariage sérieux... !!
Je... je suis d'accord avec toi... !
Il compte faire un mariage arrangé ...
Un mariage arrangé ... ?
HAWAII
Fff... Et il a quelqu'un ?

C'est... c'est impardonnable
Eh, Kama-chan, mais où tu vas !?
Je vais chez lui, pour en avoir le coeur net !
Je... je viens avec toi !
Je ne voulais pas m'en mêler, mais de peur d'une effusion de sang, je ne pouvais pas les laisser
Heiin !? Tu as vu ma fille !?
Oui, en rentrant de chez toi...
Ça doit être parce que je lui ai écrit une lettre

Oui c'est ça. Elle m'a demandé où tu habitais, mais je sais pas pourquoi, j'avais pas envie que vous vous voyiez, alors je lui ai pas dit
Tu as bien fait, moi non plus je n'ai pas envie de la voir ... Et en-suite ?
On est allés dans un café près de la gare, et on a parlé de plein de cho-ses ...
Tac tac
C'est-à-dire ?
J'ai tout raconté à Kama-chan, mais il n'avait pas l'air particulière-ment étonné
Ah bon ...

C'est dans cet immeuble qu'il habite ?
Oui, et ça devrait devenir notre nid d'amour…
Tu es prêt ?
Quoi qu'il arrive, je n'ai pas l'intention de le quitter
Comme tu veux, mais évite juste le bain de sang, s'il te plaît
Mais oui, je sais
Ah !
Il est là ! A… avec une femme…
Hein ?

Où est-ce qu'on va manger ?
Hmm, comme hier j'ai mangé de la tortue, allons-y pour une grillade !
A... Ayako !?
Hein ?
ス
!!
Mm !?
T... toi ... !
Ché... chéri !
Mais qu'est-ce qui se passe ici ?
...

Monsieur Kito ... Cette femme est mon ex-épouse
Euh oui, c'est la pat... le patron d'un bar où je vais souvent ...
Vous... vous le connaissez, monsieur Kito !?
Ka... Kamachan ... !
Lui et moi ...
C'est monsieur Kito ton fiancé ? J'en reviens pas !
Qu... quoi !? C'est... c'est vrai, Ayako !?
Ou... oui...
Vous ne vous êtes pas encore raconté votre passé, à ce que je vois ...
Ayako et moi nous nous sommes connus par la rubrique "rencontres" d'un magazine. Depuis...

Ah... !
Kamahori !
Ché... chéri... !
Kamachan...
Soyez heureux, je me retire ...
Je ne me sentais pas de lui parler, on s'est donc quittés comme ça
Vu de dos, il tremblait légèrement, comme s'il était en train de pleurer
Ah ben .... !
Quelques jours plus tard, comme ça me préoccupait un peu, je suis allé au bar ...
貸し店舗*
高砂不動産
SNACK
ピュースポット
和風ステーキ
竹
分譲中

*À louer

Kama-chaan, t'es pas là !?
Clac
Il a déménagé il y a trois jours
Hein
Déménagé ?
Quels étaient vos rapports avec ce travesti ?
Mes rapports... r... rien de euh...

Il n'avait dit à personne où il allait
Allez, courage, je travaille demain !
Haa
haa
Haa
haa
Tchac
Pff, vivement la pause déjeuner
Eh !
Ah... c'est l'heure de manger, chef !?

Je te présente Kama-chan, c'est une connaissance à moi, vous allez travailler ensemble à partir d'aujourd'hui
Je vous interdit d'être trop proches, hein !
Ah... !!
Il paraît que mon ex-femme et monsieur Kito se sont séparés, c'était évident
Comment t'a rencontré le chef !?
Laisse-le s'occuper des travaux pénibles, toi, Kama-chan tu peux faire ce que tu veux
... !!
On déjeune ensemble♡
C'était un habitué du bar, uhuh♡ J'habite avec lui en ce moment
Ahah, aha ha, c'est une bonne nouvelle
C'était une histoire un peu lourde par cette chaleur d'été

HISTOIRE DE TAKASHI FUKUTANI
AUTEUR DE MANGAS
La Résidence Dokudami vivra pour l'éternité !
DOKUDAMI, LA RÉSIDENCE DU CÉLIBATAIRE
AVEC LE CONCOURS DE YOSHIO HORI

ぽか
ぽか
ぽか
ぽか
Pshhh
Gratt gratt
Rhoo...

ひら ひら
Fghh...
ひら...
Hic hic ...
Aatchaa!!
ふあああっ
Fwaaa...
Salut ! Comment ça va, amis lecteurs ?
C'est vraiment le printemps, là ! Vous êtes déjà allés admirer les fleurs de cerisiers ?
Au fait, cette série, à force d'endurance, fête enfin ...

ジャーン
... son 500e épisode !!
Tout cela grâce à vous, chers lecteurs, et je vous en remercie !
C'est en 1979, il y a onze ans, que j'ai fait mes débuts dans une revue de mangas
À cette époque, j'avais cette tête
quelle tête de con !
Ha ha ha, rien à voir avec maintenant, n'est-ce pas !
Il paraît que mon créateur a connu beaucoup de galères avant de débuter
Pour fêter ce 500ème épisode, voici une programmation exceptionnelle avec pour titre...

"Bons baisers du haut des gratte-ciel"
On quitte le cadre étriqué du Japon ...
... pour la Big City, New York !!
Hé hé hé, quelle envergure, n'est-ce pas !?
Et mon rôle, là-dedans ...

Un détective privé à la Philip Marlowe
Je me bastonnerais sans cesse avec des étrangers...
BOM !!
... et ça serait bourré de scènes d'action !!
Alors ? Vous commencez à être impatients ?
Ghh, huh, huh
Et c'est pas touut !

Érection garantie à 100% !!
Des scènes érotiques bien hard avec une magnifique blonde super glamour !
ZUP! ZUP!
OH!
AA!!!
C'est une programmation spéciale pour fêter le 500e épisode !
Ha ha ha ha, bah c'est pas grave !
L'histoire saute trop du coq à l'âne et ça fait pas Dokudami ?
Hein ?

Holà, holà !
Monte pas des plans sans me demander mon avis !
Ah !
Takashi Fukutani, auteur de Résidence Dokudami, 30 ans et quelques
"Bons baisers du haut des gratte-ciel", n'importe quoi !
Oh, grand maître, quelle surprise ! Assied-toi ! Ha ha ha
Non mais pour qui tu te prends !
Des scènes à New York ?
Toi, un détective ?
C'est ça !
New York, la cité du crime !

C'est qu'un manga, on peut faire de l'à peu près
HAWAII
On n'a même pas de documentation, qu'est-ce que tu racontes !
Mais c'est toujours les mêmes schémas, tu devrais essayer quelque chose de complètement différent ...
Et puis j'ai la flemme de dessiner des scènes de poursuite avec des bagnoles
Clic !
C'est ce que veut le lecteur
Tu crois ... ?
Mais ...
C'est pas grave que ce soit toujours la même chose
どくだみ

Yoshio, du succès auprès des filles ?
Ouais ! C'est le 500e épisode, tu peux bien faire ça ?
Si on modifie les paramètres, le lecteur risque d'être désorienté
Hein ?
Alors tu veux pas dessiner, juste pour cette fois, une histoire où j'aurais plein de succès avec les filles !?
Je serais un playboy qui n'arrête pas de s'enfiler les filles les unes après les autres !
ああ〜っ
Aah ..

Pas question ! Je dessinerai jamais ça !
J'en ai marre qu'il ne m'arrive que des trucs lamentables, épisode après épisode !
Si je dessinais une histoire où tu te ferais plein de filles, je recevrais des lettres de protestations des lecteurs à qui ça n'arrive jamais
Mais y a aussi des lettres de compassion, comme "Pauvre Yoshio, faites-le conclure avec des filles de temps en temps" !
Ce n'est qu'une petite minorité, presque tous les lecteurs adorent voir le Yoshio lamentable
Ben pour cette petite minorité, alors...
Moi-même, tu sais, j'éprouve du plaisir à dessiner les malheurs qui te tombent dessus
Ghh huh huh...

Ouais mais bon, le dernier épisode sera un happy end, hein, j'te fais confiance
Non, je pense que je te tuerai. J'imagine une mort bien misérable
Ha ha ha, c'est peut-être ça !
T'es sadique ou quoi !?
ガタッ
Tant qu'à faire, j'aimerais au moins mourir dans les bras d'une femme…
Jamais j'te ferai mourir de façon si agréable
N'empêche, on est allés loin avec cette série
Ouais, 500 épisodes en persévérant toujours dans le même style

Moi j'ai bien vieilli, mais toi tu changes pas …
Ha ha ha, les héros de mangas ne vieillissent pas !
Mais au début, comme j'avais 24 ans …
T'as pris 5 ans, vu que là t'as 29 ans
Tu peux me laisser cet âge-là ?
Car notre slogan, c'est ♡jeunesse bien chaude, clinquante et prospère♡
Mais avant de commencer à vendre, j'avais une vie bien plus misérable que la tienne …

Et tu as mis à profit cette triste expérience pour dessiner ce manga, c'est bien ça ?
Hum...
À cette époque, je vivais dans une résidence pourrie à Kôenji. Le loyer était, si je me souviens bien, de 18000 yens pour une chambre de quatre tatamis ...
Ne bouffant que des nouilles instantanées, mon aliment principal ...
ズルルルッ
slurp
... n'accordant d'attention à rien d'autre ...
カリカリカリカリ
!!
Grat grat grat
... je ne faisais que dessiner
Ouuh
... avec la certitude de finir par percer ...

Un jour, je ne sais pas si c'est à cause du manque de vitamines ou de l'abus d'excitants, mais ...
... il m'est arrivé d'avoir des hallucinations
Ouaaah
Ha ha ha, ouais, un avion zéro tout rose tournoyant dans ta chambre
Ou un cortège de seigneurs sortant de ton placard
Oui, je me souviens... ce cortège de seigneurs minuscules était vraiment inquiétant

Oh, dis, maître !
Qu... qu'est-ce qu'il y a ?
Je viens d'avoir une idée !
Un truc parfait pour la programmation spéciale du 500e épisode !
Zippo
Mais y a plus de place
Faire un manga de ce que tu as vécu avant de réussir à débuter !
Qu... qu'est-ce que tu dis ?
En sous-titre...
"Histoire de Takashi Fukutani, auteur de mangas" !!
ゴホッ
ゴホッ
Kof kof

Mais je suis sûr que les lecteurs voudraient connaître ta jeunesse fertile !
Non, j'ai pas envie de dévoiler mon passé !
Mais en première page il y a déjà le sous-titre "Histoire de Takashi Fukutani, auteur de mangas"...
Non ! Pas question !
Alors t'as une autre histoire de prête ?
Euh, ben justement, c'est-à-dire que...
Ça c'est le rédacteur qui l'a fait sans mon accord...

T'as plus le temps, comment tu vas faire ?
C'est ça le problème, je ne peux pas annuler un épisode ...
どくだみ
"Histoire de Takashi Fukutani, auteur de mangas", ça démarre !
110 4 110 4 110 4
Clap clap
Fff ...
Moi, "Takashi Fukutani", je suis né dans un village perdu de la province d' Okayama
Je ne supportais pas la vie en communauté, et j'ai quitté le lycée en cours de route ...

Été 1970 ...
Ne trouvant pas d'emploi fixe pour autant, je passais mes journées à glander
Fwaah
Elle a l'air bien mûre
Crac
Mm, trop bonne !
Slurp !
Pff
Eh là !
Voleur ! Mes belles pêches !!
Juste une, ça va ! Sale radin !

Détesté de tout le voisinage, j'étais la honte de la famille
Autant monter à la capitale …
J'ai décidé d'aller à Tôkyô. Pas besoin de vous inquiéter. Je vous emprunte l'argent qu'il y avait dans le tiroir de l'autel familial.
Takashi
Il nous cause bien du souci, ce Takashi
Il va finir par kidnapper une petite fille …
Je n'aurais jamais dû le mettre au monde
…
Tap !

ゴッ
オォォ
J'étais totalement dépourvu d'ambition...
Rhoo...
... Tout ce que je voulais, c'était quitter la campagne
A l'époque où je suis monté à Tôkyô, grâce à l'interdiction aux voitures de circuler dans des quartiers comme Ginza, débutait l'ère du paradis des piétons

Mon premier job à Tôkyô, ville-lumière, était dans une station-service
C'est les toilettes qu'utilisent les clients !!
Ou..oui, m'sieur !
Scritch scritch
Nettoie avec plus d'énergie ! Crétin !!
Fshhh...
Quand t'auras fini, va livrer l'essence pour lampes à pétrole !!
Et astique cette voiture !

zzzz...
Mmm... ma-man...
Eh là, Fukutani !!
Splash !
Burp !!
Qu'est-ce que tu branles !?
Tu veux ton salaire ou pas !?
Atchaa !!
Pff ! C'est vraiment un poids mort !
Tap tap

Connard !
C'est la dernière fois que tu me vois !
On est à Tôkyô, des boulots, y en a à la pelle !
J'ai fait de nombreux jobs nourri-logé
Des travaux physiques ...
Tchac
Ici, j'ai pas tenu plus d'une semaine

Dans le restaurant de nouilles où j'ai travaillé après, j'ai été foutu à la porte pour mes "emprunts" dans la caisse ...
立喰そば
J'ai aussi bossé dans une librairie, mais je me suis fait prendre pour des reventes frauduleuses chez des bouquinistes et là aussi, on m'a viré
T'as aussi été serveur dans un salon de thé, non ?
Aah...
Pourquoi t'as arrêté, déjà ?
Pchht
J'ai mis le feu ...

Le ... le feu ?
A l'époque, les briquets jetables venaient de faire leur apparition. Tout content de m'en être procuré un ...
Pshit
Frr...
En jouant avec dans ma résidence, le rideau a pris feu et en un instant...
Et... et après !?
J'ai eu peur, et je me suis barré ...
A entendre le récit de ton expérience professionnelle, t'es un vrai criminel
J'ai cru qu'on allait me signaler dans tout le pays comme pyromane, mais y a pas eu de suites, ha ha ha ha ha

Mais tu as déjà eu affaire à la police, non ?
Ou... oui, mais ça...
Je n'oublierai jamais ... c'était l'hiver 1970, où Yukio Mishima s'est suicidé en se faisant harakiri ...
A l'époque, n'ayant même pas de quoi louer un appart', je dormais dans une auberge bon marché ...
あずま
ベッドハウス一泊
Hips
Six mois que je suis monté à Tôkyô... bientôt le Nouvel An... hips...

の家から苦情が
出ています
Est-ce qu'au pays la famille se porte bien ? ...
Snif
Clac...
Tu permets ?
Qui ... qui êtes-vous ... ?
J'suis Masa le vagabond, j'habite ici depuis six mois. Enchanté !
Euh... oui...
Tu peux pas louer d'appart' quand t'es vagabond ! Ha ha ha
Je... je m'appelle Takashi, enchanté ...

*Hitokiri, film de Hideo Gosha (1969)

Tu veux des "capsules blanches" ?
ジャラ...
clic clic...
Des capsules blanches ?
Ha ha ha ha, c'est du "high-chan", du "high-menal"
"High-menal" ... des somnifères... !?
T'en... t'en as pris !?
J'en ai croqué une dizaine ...
Hé ben, tu vivais dangereusement !
Oui, c'était la première fois, ça m'intéressait

Comme j'avais bu, ça a bien fait son effet. Quand j'ai repris mes esprits ...
C'était déjà l'après-midi
あずま…
C'est là que s'est produit un incident terrible ... !
の放尿禁ず！
隣の家から苦情出ています
Oh ! Le flacon est vide !

Un incident terrible !? C'est-à-dire ?
Ah ça, ça m'a flanqué un coup
Fff, la drogue d'hier fait en-core son effet…
ヨロ…
ガラ…
Frrt…
Le loyer en retard s'accumule, faut que je trouve du boulot …
Vu la saison, pas question de dormir à la belle étoile …

Je me demande ce qu'il fait comme métier, Masa
Clac...
C'est un vagabond, il doit pas travailler
Et si je devenais son disciple ?
Il m'avait dit chambre 3, si je me souviens bien
Peut-être qu'il dort encore
Toc toc
M'sieur Masa, vous êtes là ?
Clac

...!!
Il... il a été tué !?
C'était un bain de sang. J'en suis resté sans voix

C'est ce que n'importe qui aurait pensé ...
Hein ? C'est pas ça ?
En tout cas j'ai prévenu le vieux de l'auberge et appelé la police
Hum hum
Pin pon

Quelqu'un a été tué dans cette auberge
Il paraît qu'on a tout de suite arrêté l'assassin
Hih !
Tu vas avouer, oui !?
Bam !

C'est toi qui l'a tué, hein !?
Mais… mais non ! Je… !
Maquiller un meurtre en suicide, mais qu'est-ce que t'avais contre lui !?
Rien du tout, je l'ai rencontré hier soir pour la première fois …
P'tête que t'as oublié ton crime d'hier soir ?
Vlan !
Hein ?
Clic !
Il y avait un flacon de médicaments vide dans ta chambre
C'est …

C'est ce jeu à la mode avec les somnifères, hein ?
T'étais stone, tu savais plus ce que tu faisais, et tu l'as tué... c'est ça ?
ギロリ
Je... je n'ai tué personne !
C'est... c'est vrai que je ne me souviens pas bien de ce qui s'est passé hier soir...
M'sieur Chô
Clac
Qu'est-ce qu'il y a ?
On a trouvé quelque chose qui ressemble à un testament dans la chambre de Masa...
Quoi !?
Un... un suicide !?

Ah ouais... c'était un suicide !
Oui, il s'est ouvert le ventre avec un couteau de cuisine
Il s'est fait harakiri ? Mais pourquoi ?
Apparemment c'était un ex-militaire des Forces d'autodéfense et il partageait l'esthétique de Mishima
Alors le suicide de Mishima l'aurait inspiré ? ...
Probablement ... et il y a aussi eu l'effet de la drogue
Il faut compter encore dix ans avant que tu deviennes auteur de mangas, il a dû t'arriver plein d'autres trucs ?
Hum... quelques temps plus tard ...

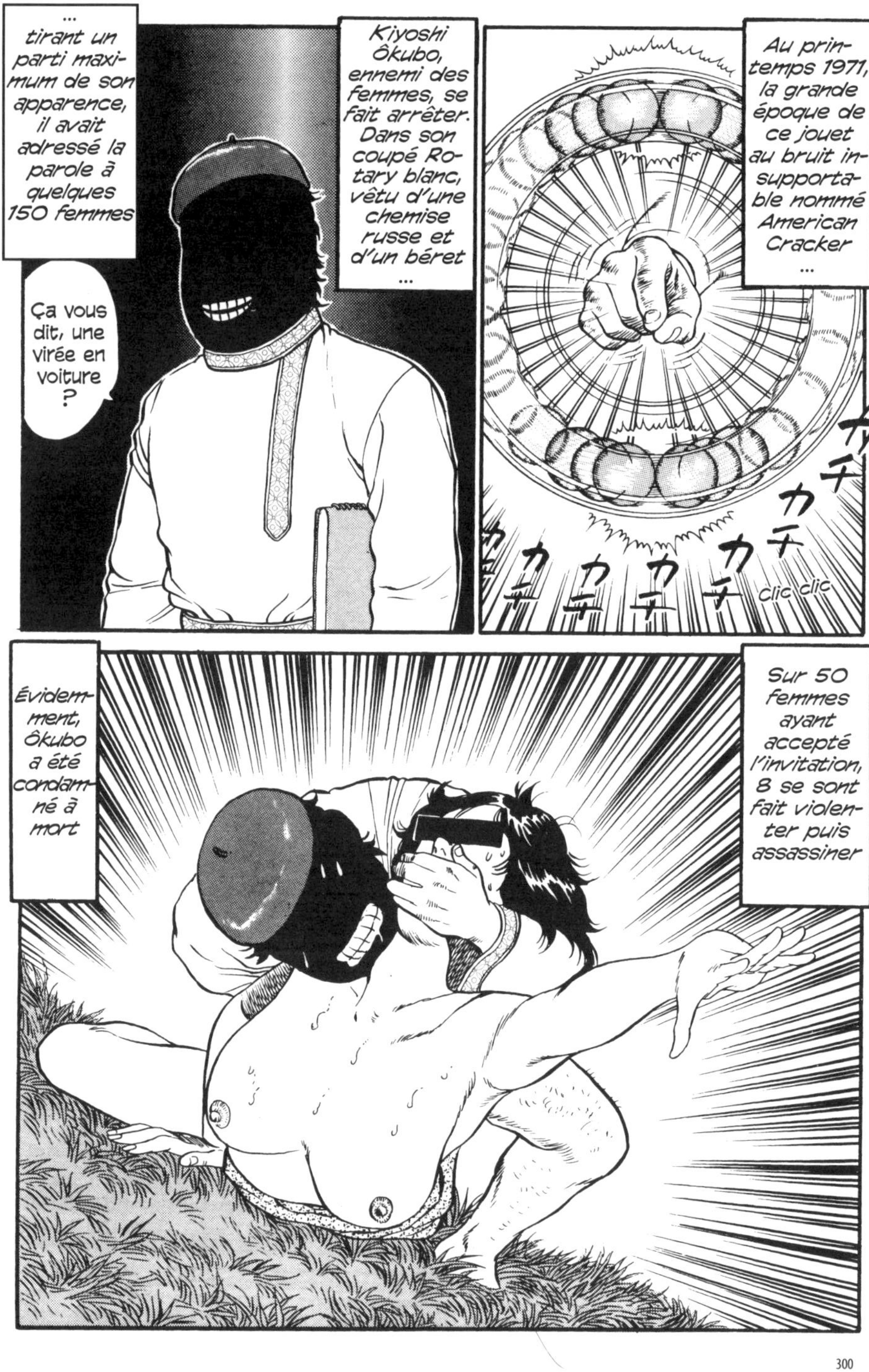
Au printemps 1971, la grande époque de ce jouet au bruit insupportable nommé American Cracker ...
カチ カチ カチ カチ カチ カチ カチ
Clic clic
Kiyoshi Ôkubo, ennemi des femmes, se fait arrêter. Dans son coupé Rotary blanc, vêtu d'une chemise russe et d'un béret ...
... tirant un parti maximum de son apparence, il avait adressé la parole à quelques 150 femmes
Ça vous dit, une virée en voiture ?
Sur 50 femmes ayant accepté l'invitation, 8 se sont fait violenter puis assassiner
Évidemment, Ôkubo a été condamné à mort

Cela faisait bientôt un an que j'étais monté d'Okayama à Tôkyô, mais ...
Ne parvenant même pas à me faire d'amis, encore moins de petite copine, je vivais seul, misérable, au milieu de la cohue de la ville
Ce jour-là, je m'étais rendu au champ de courses muni d'un peu d'argent ...
Ba ba bam...
Si je gagnais une petite somme, je comptais ...
... rentrer au pays avec un petit cadeau

ワァァァァッ
ドドドドッ
S'te plaît ! Vas-y !
Sinon, je... !!
ヒュウウウ...
Fuiii...

Est-ce que ça veut dire qu'il faut que je persévère à Tôkyô ? ...
Excusez-moi...
Ouuh, j'ai faim ...
Hi hi ♡
Vous avez l'air bien abattu
Hein ?

*Anagramme de la secte Aum-Vérité suprême

Ne désirez-vous pas acquérir la consolation, la sécurité et le bonheur ?
S... Si, bien sûr !
Nous pouvons tous y parvenir en croyant en quelque chose d'absolu qui dépasse l'être humain
Hem... quelque chose d'absolu ...?
Ça vous dit de déjeuner ensemble ?
Euh ... oui ...
Hein ? T'aurais pas raconté cette histoire en manga ?
Si, en faisant passer mon expérience pour la tienne

À l'époque, j'avais gardé les véritables noms de cette femme et de la secte
Ah ouais, vraiment ?
Ha ha ha ha, elle était marrante cette histoire !
En manga, c'est vrai qu'on peut en rire, mais ...
Et donc tu as déjeuné avec elle ?
Oui. Comme dans le manga, elle m'a invité dans un restaurant de luxe
中華
芳文飯店
Ce jour-là, le soleil du début de l'été de mes 17 ans brillait d'une clarté aveuglante

Miam miam...
Alors tu es monté à Tôkyô tout seul, d'Okayama ?
Oui, ça va bientôt faire un an ...
Toujours pour des emplois logé-nourri ?
La vie est chère à Tôkyô, c'est dur de louer sa propre chambre
Tu connais des gens ... ?
Non, personne
Tu dois te sentir seul, alors ...

La vie à Tôkyô est épuisante, je songe à rentrer au pays et trouver un travail sérieux ...
Tu n'as que 17 ans, tu devrais persé-vérer encore un peu
Tu ne veux pas venir nous voir ?
Ou... oui, mais ...
Vous... vous voulez dire votre groupe religieux ... ?
Tu es libre d'adhérer ou pas ...
Et t'y es allé, n'est-ce pas ?
Oui, même si je trou-vais ça louche

Ha ha ha ha, tu as été vampé par cette femme !
Hum... et puis j'avais sûrement envie de me faire des amis
Il y a beaucoup de gens dans la même situation que toi parmi nos compagnons
Comme des jeunes qui ont fugué ... ?
Avant, ils se sentaient tous très seuls, mais maintenant ils s'amusent bien
Vous les aidez à trouver du travail ?
Ce soir il y a une réunion des nouveaux membres chez notre gourou. Si ça te dit ...
Je vais passer, alors

Chers nouveaux frères ! Votre vie commence mainte-nant !
En vérité je vous le dis, la "lumière salvatrice" fera res-plendir vos existences !
Au fait, notre groupe organise un voyage pour approfondir les liens entre les frères
Un voyage à l'étran-ger, en plus
À... à l'étran-ger... !?

Ça sera sûrement une joyeuse expérience
Nous serions heureux de votre participation !
Évidemment, les frais de voyage sont à notre charge
Oui !
Vrai… vraiment… ?
Bon appétit !
Allez ! Ne vous gênez pas, mangez à votre faim !
C'est ainsi que, moi qui étais sans toit, je me retrouvai à loger chez le gourou

J'ai fugué d'Okayama, je m'appelle Takashi, enchanté
Moi c'est Masaru, enchanté
Tu es là depuis quand, Masaru ?
Deux jours. En fait je me suis échappé de "Nerikan"
Ne... Nerikan ... ?
Hein, tu connais pas ? C'est un célèbre centre de redressement pour jeunes délinquants, à Nerima

Un... un évadé !? Mais qu'est-ce qu'il avait fait !?
Coups et blessures, je crois... Sa copine l'avait cocufié, il a pété les plombs et donné un coup de couteau ....
En cavale, il avait tenté de cambrioler au hasard la maison du gourou, mais il s'est fait prendre et depuis il habitait avec eux
Ah ouais... ils l'ont donc caché plutôt que de prévenir la police
Mais ce voyage en paquebot de luxe, j'y crois pas. Ils doivent mijoter quelque chose ...
Notre gourou ne ment pas
C'est quelqu'un de bien. Se dévouer pour un criminel comme moi ...
J'vais pisser ...

ギシ ギシ…
Crac crac...
Je me demande quelles sont les relations de cette femme avec le gourou ...
!
Le gamin que t'as ramassé aujourd'hui, ses parents ont peut-être lancé un avis de recherche
Pas de souci, il m'a dit lui-même que ce n'était pas leur genre
On en a donc quatre cette fois-ci... il en faut plus pour que ce soit rentable
Fais-moi confiance, d'ici le départ... Aah ... !

あっ
Aah
Hé hé hé, ces morpions ne se doutent même pas qu'on fait du trafic d'êtres humains ...
Aah
Du... du trafic d'êtres humains ... !
Ils vont trimer dur jusqu'à en crever sur une île inconnue ...
C'est... c'est terrible !
Crac !
Hmm !?
Aah ... !

Ma... Masaru, réveille-toi ! Réveille-toi !
Mm qu'est-ce qu'y a... mm...
Crac
Ils veulent nous vendre à l'étranger !
!!
Sss...
Je... je serai votre esclave, je ferai tout ce que vous voudrez, mais laissez-moi la vie sauve...
Tu nous as entendus, alors tu dois mourir !
Mm ...

Dans le manga, la police débarque in extrémis ...
Oui, à ce mo-ment-là j'ai vraiment cru que j'allais y passer
Il y avait un gars qui s'était échappé en sautant à la mer pendant le voyage
C'est donc lui qui avait averti les flics ?
Le nommé Masaru s'est fait attraper par la même occasion... Il a cru à son gourou jusqu'à la fin...

Eh, mais il fait déjà nuit
Tu rentres ?
Ça te dit d'aller boire un coup ?
Couic
Moi je veux bien, mais ton boulot ça va ? Le délai...
Mais j'suis en train de travailler, là ! Qu'est-ce que tu racontes ! Yoshio !
Pom !
Ha ha ha, t'es motivé, dis donc !
やきとり
寿

Tu as utilisé d'autres histoires vraies dans tes mangas ?
Ah ça, oui
Il y a *Coin Laundry*, avec quoi j'ai débuté il y a 11 ans, et puis les *Véritables histoires de fantômes d'Asagaya*, et *Une chanson douce*, l'histoire du travesti …
Ha ha ha ha, il paraît que le travelo a téléphoné pour se plaindre
Oui, j'ai fait la bêtise d'utiliser son vrai nom
T'as aussi eu des menaces de yakuzas, et des plaintes du Comité de censure du manga !
Il y a même une histoire qui m'a valu un procès …
Hips...
Raconte-moi comment t'es passé professionnel
Miam miam

*Célèbre affaire de corruption concernant la vente d'avions américains au Japon

ミュージックホール
A l'époque, je vivais avec une strip-teaseuse de deux ans plus âgée que moi ...
5 〜19日
新宿ゴールデン街
Comme d'habitude, je menais une vie dissolue
Bar
フラ
フラ
Hips !
Déjà 10 années que j'étais monté à Tôkyô, c'était le printemps de mes 26 ans
Il faut faire quelque chose, je peux plus continuer comme ça ...

*Quartier de Shinjuku où vient boire une faune éclectique, mêlant intellectuels et travestis.

Cette rencontre a modifié le cours de ma vie
Ah bon ?
おでん
Ça a l'air agréable comme ça de faire le mac, mais psycho-logiquement c'est diffi-cile
Oui… c'est vrai…
Moi aussi j'ai fait ça, mais on se sent vite lamenta-ble
Mais quoique je fasse comme boulot, ça dure jamais long-temps…

Je … j'suis désolé
C'est nul, de se faire entretenir par une femme
Ha ha ha ha
Comme dirait Tchekov : "Les femmes sont constamment à la recherche de l'homme parfait" …
V'là qu'il nous sort Tchekov ! Ha ha ha ha
Quel érudit !
…
Elle finira probablement par te jeter …
サンライト
SNACK
レストラン

Si j'avais du talent comme vous …
Arrête de te faire du mouron ! Si on y réfléchit un peu, c'est un beau métier, maquereau ! Ha ha ha ha
Ça te dit, une partie de Space Invader ?
Il faut que j'aille chercher ma copine …
Com-ment elle s'appelle, déjà ?
Mio …
Elle a deux ans de plus que toi, c'est ça ?
Clic
Oui …

Elle peut pas faire strip-teaseuse toute sa vie
Hmm ...
Elle doit sûrement vouloir quitter ce job vite fait et se marier
Proba-blement ...
Hips
Tu m'avais dit que tu étais en section design, au lycée ?
Oui, mais j'ai arrêté au bout de la première année ...
Alors tu as un peu de talent pour le dessin
Du talent je sais pas, mais depuis tout petit j'adore les mangas et j'en dessinais souvent

En fait, je connais un dessinateur de mangas qui aurait besoin d'un coup de main
Tu veux tenter le coup ?
Hein ?
Un coup de main, c'est-à-dire faire l'assistant ?
Ouais, pour un dessinateur de seconde zone, dont j'avais jamais entendu parler
C'était super mal payé
Mais finalement ça a été l'occasion pour toi …
Pshiii

Assistant d'un des-sinateur ?
Ou... ouais...
Tu veux devenir auteur de mangas, Takashi ?
Euh... non, ça veut pas dire ça ...
Hi hi

Dis, on peut plutôt ... hein ...?
... Ouh ...
Ça va pas durer, comme d'habitude
Je me suis juste dit qu'il fallait que je travaille aussi ...
Oooh ... !
Aah !

ああっ！
Aah !
Je... je ne peux pas continuer comme ça... ! Je vais droit dans le mur ... !
C'est pas si grave, la perdition ! A ta place, je serais resté maquereau toute ma vie
En tant qu'homme, tu te sens misérable ...
Mais tu baises gratis, tu manges gratis et tu bois gratis ! Je trouve ça génial
Parce que toi, tu n'as aucune fierté masculine

Le lendemain, je suis allé chez ce dessinateur
Euh, je viens de la part de monsieur Tachibana…
Merci, il m'a parlé de toi, tu es Fukutani, c'est ça ?
Ou… oui ! Enchanté !
Entre
Désolé de vous déranger
Ooh, alors c'est ça une planche originale !

Hem !
Rien à voir avec les mangas que je dessinais dans le temps
Et ça, les dessins d'un professionnel ! Vous êtes super doué !
Mais ça rapporte, non ?
C'est pas vraiment un métier que je conseillerais à quelqu'un
Tu as l'intention de devenir auteur de mangas ?
Hein ? Euh... oui, enfin, je...

Vous avez des albums publiés ?
Seulement si on vend. Il faut en avoir plein qui sortent en albums, pour toucher des droits d'auteur ...
Vous êtes du type artisan !
Seulement deux... Je n'ai pas tellement envie de me plier au rythme commercial et produire en masse
On va sûrement passer trois à quatre nuits à travailler ici, ça ira ?
Oui !
C'est donc là que tu as appris les rudiments du manga ...
Oui, il a été un grand maître pour moi ...

Depuis, il a arrêté de dessiner et on ne sait pas ce qu'il est devenu …
Ah bon ?
Je me demande s'il lit mes mangas là où il est
Il doit sûrement être fier de tes succès !
Être assistant me faisait enchaîner les nuits blanches et ce n'était en aucun cas un travail facile, mais…
Gratt gratt
Il faut qu'on ait fini demain à la première heure, allez, c'est la dernière ligne droite

Remplis-moi les noirs
Oui ! Comptez sur moi !
Ben qu'est-ce qui te prend !
Maître, vous savez ce que c'est, les "cafés sans-culotte*" ?
Les... les cafés sans-culotte ?
On n'en trouve pas encore ici, mais dans le Kansai*, il y a des serveuses sans culottes qui...
Bienvenue ♡
*moitié sud-ouest du Japon
* Salons de thé apparus dans les années 80, où les serveuses étaient censées ne pas porter de culotte

Ha ha ha ha, tu... tu plaisantes !? Dans des salons de thé... !?
C'est vrai, j'ai lu ça dans un magazine !
Ils sont malades ces commerçants du Kansai ...
カリ カリ カリ
Grat Grat
Quand ils ouvriront à Tôkyô, on devrait y aller ensemble ! Ça pourrait faire un sujet de manga !
Pardon, mais je ne fais pas dans le mangas de cul, moi
Ah... vous, c'est de l'art ! Ha ha ha...
De l'art populaire, disons ...
カリ カリ カリ
C'est donc ça ! Ha ha ha ha

杉並公園
バカ
Y K
K T
C'est ainsi que j'ai passé trois mois comme assistant de ce dessinateur de mangas d'art populaire
Je vois ...
ゴクゴク
Glou glou
Fff ...
couic
J'étais content, la première fois que j'ai touché mon salaire
Mais je croyais que c'était sous-payé

Tu as connu la joie de recevoir le fruit de ton labeur
Ouais, mais depuis que je vivais avec cette femme, je n'avais pas travaillé une seule fois, tu comprends, c'est…
Ah ouais, assistant de dessinateur
Oui ! A force de travail, je compte devenir professionnel !
L'alcool de ce soir-là avait spécialement bon goût
おでん
Si j'y arrive, je parlerai à Mio pour peut-être..
Ne t'arrête pas en chemin ! Un homme ne doit pas renoncer à ses rêves !

Compris !
Bien ! C'est la maison qui offre ! Bois donc !
M... merci !
ミュージック ホール
ミュージック ホール
Au revoir
Au revoir
ガラガラ…
Yep !
Hips
Tiens, Takashi, tu es venu me cher-cher ?
T'as faim ? Ça te dit d'aller manger des sushis ?
D'ac-cord !

寿司若竹
Mange, fais-toi plaisir ! Ce soir c'est moi qui régale ! Ha ha ha
Hi hi, merci !
Ça doit être dur, assistant ? Avec les nuits blanches et tout...
ムシャ ムシャ
Oui, assez, mais c'est la première fois que je m'amuse autant en travaillant
Tu veux devenir professionnel, n'est-ce pas ? Courage !
Ouais ! Tu verras, pour toi, Mio, je...

Tu comptais vraiment te marier avec elle ?
Oui... je rêvais de devenir professionnel, qu'elle arrête son job de stripteaseuse, et me marier avec elle pour mener une vie normale ...
Mais ...
Mais ?
Hop !
Un matin où je rentrais tôt après trois nuits de travail d'affilée...
J'ai fini plus tôt que prévu
Est-ce qu'elle dort encore ?
Clac

Clac ...
ガチャ…
Faisons pas de bruit ...
Hmm !?
Alors tu veux bien le quitter pour te marier avec moi ?
Oui... Je ne peux pas continuer comme ça toute ma vie
Démissionne, et partons vivre ensemble dans ma province natale
ズッ ズッ
Oh... ! Comme je suis heureuse !
C'était une vision de cauchemar

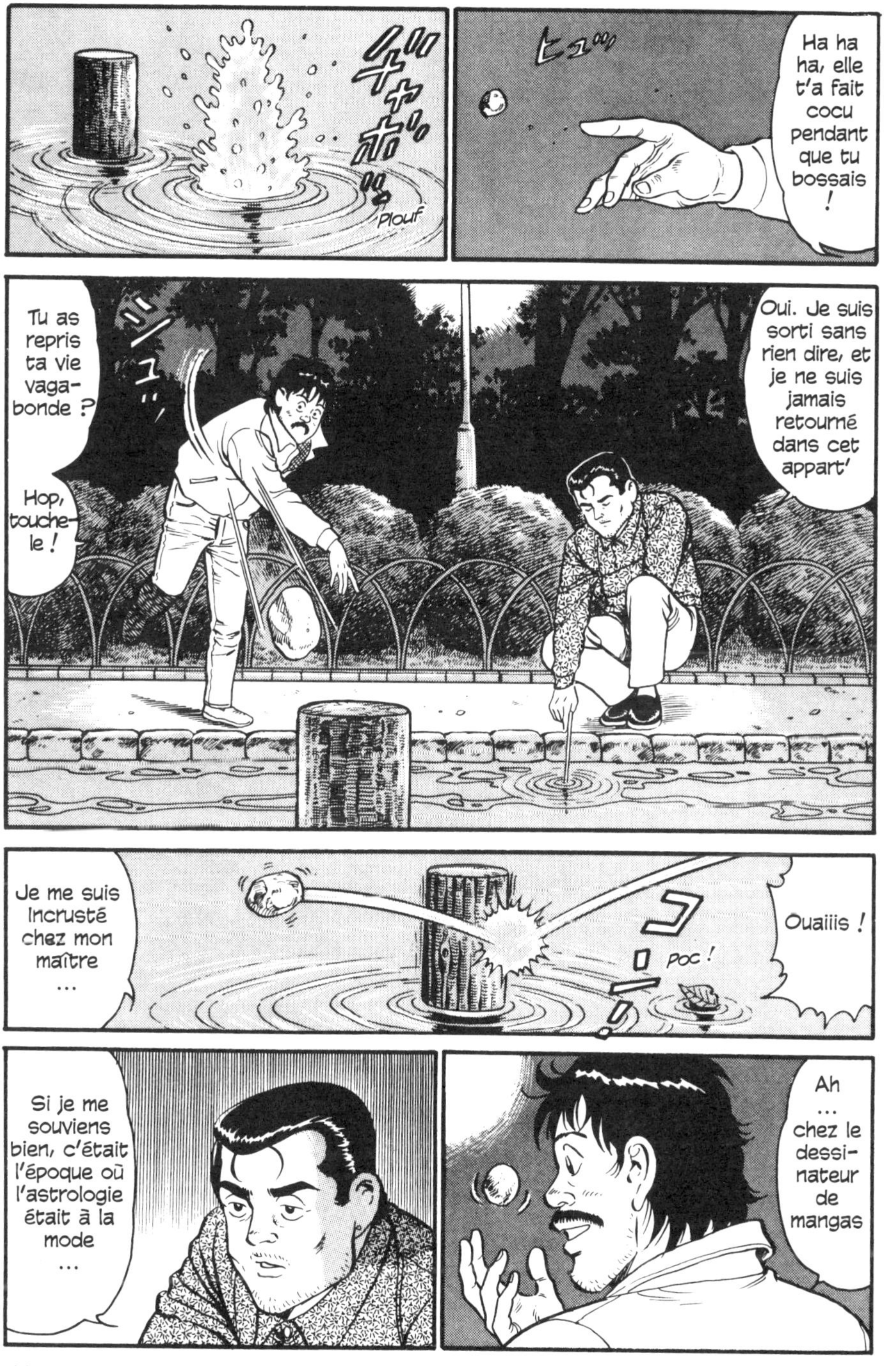
Ha ha, elle t'a fait cocu pendant que tu bossais !
Plouf
Oui. Je suis sorti sans rien dire, et je ne suis jamais retourné dans cet appart'
Tu as repris ta vie vaga-bonde ?
Hop, touche-le !
Ouaiiis !
Poc !
Je me suis incrusté chez mon maître ...
Ah ... chez le dessi-nateur de mangas
Si je me souviens bien, c'était l'époque où l'astrologie était à la mode ...

Heiin !? Vous arrêtez le manga et vous prenez la route !?
Hum... Selon ce livre sur les astres, je dois partir en voyage pour me trouver moi-même
Maî... maître, mais attendez, voyons !
Ne t'inquiète pas. J'ai parlé au propriétaire, tu peux rester habiter ici
Sers-toi à ta guise de tout ce qu'il y a dans cette pièce
Ou... oui ...

Je n'ai plus rien à t'enseigner ! Produis de belles œuvres sans te laisser influencer par les modes !
Ou... oui ! Je travaillerai dur !
Mon maître partit le lendemain ...
... et moi, sans même prendre le temps de dormir, je ne faisais que dessiner des mangas
gratt gratt
Au début, seulement des trucs sérieux, et je suis allé voir plusieurs maisons d'édition, mais ...
Tu t'es fait jeter de partout !

Ouais... j'ai donc changé le style de scénarios et de dessin pour créer Résidence Dokudami
Je comprends, et c'est comme ça que je suis né !
Cependant la première histoire n'a eu aucun succès chez les éditeurs et personne ne voulait de moi
C'était toujours : "les dessins sont nuls et les histoires trop vulgaires"
A l'automne 1979, où Lanlan, le panda du parc d'Ueno, est mort de maladie ...
営業中
COFFEE
ぱんぷきん
Hebdo de mangas "Times" ...
J'ai pas encore essayé cet éditeur

815-1521…
Si on me refuse ici, ces planches seront échangées contre du PQ"
ジ〜コ
ジ〜コ
Ah… ! C'est les éditions Hôbun ? Je voudrais vous montrer mes planches …
Ou… Oui ! Je m'appelle Fukutani. Alors, à 15 heures …
Clac
週刊
漫画タイムス
月刊
コミックスペシャ
毎週
Cafétéria
注・スクリーントーン代がないので指定でおねがいします。
あ〜ん 早くぅ! ブチ込んでェ〜〜!
ぶっ
ギン
Hum …

Euh… que… qu'est-ce que vous en pensez ?
Mon responsable actuel, M. N.
Je vais le garder pour le moment et j'en parlerai au comité de rédaction …
C'est… c'est vrai !? Je… je ne vous décevrai pas !
Slurp
Euh… vous pourriez me faire une avance de 3000… non, de 2000 yens… ?
Pardon ?
Clac
Glou glou
… et on t'a embauché ?
Burp !
J'ai eu de la chance
Bom
A la réunion du comité, presque tous pensaient que ce manga ne se vendrait pas
Clac

Allons bon ! Rentrons pour attaquer le boulot suivant !
Dis, jusqu'à quand continuera Résidence Dokudami ?
Le côté vulgaire et le style déjanté ont peut-être été au contraire à l'origine de mon succès ...
C'est vrai qu'à tes débuts, tes dessins c'était n'importe quoi. Ton seul mérite résidait dans ton énergie
Je m'en fous, mais laisse-moi au moins baiser de temps en temps ...
tac tac
Je sais pas... j'ai pas non plus l'intention de passer toute ma vie dessus ...
Pas question ! Yoshio doit avoir une putain de misérable existence toute sa vie !
Et pour le dernier épisode, fais-moi épouser une femme que tout le monde m'envierait, et fonder une famille heureuse, hein ? ...

Maître Fukutani... C'est vrai que je ne suis sûrement que le fruit de ton imagination ...
Ben évidem-ment ! C'est moi qui décide de ta vie et ta mort ! Ha ha ha ha
Pas si vite !
Ouah ! Qu... qu'est-ce qu'il y a !?
C'est pas parce que tu m'as créé que je vais éternellement agir à ta guise !
Tu... tu veux te révolter contre moi !?

Ah ah ah

Attention ! vous êtes ici à la dernière page du livre...

À l'époque où Fukutani ne dessinait plus.

Discours commémoratif en hommage à Monsieur Fukutani, essai commémoratif de Michihiro Yamanishi, numéro spécial de la revue Shûkan Times, janvier.

Albums mangas

Dokushin apâto dokudami sô – Haru ranman hen [Résidence Dokudami – En plein printemps], avril.

Dokushin apâto dokudami sô – Natsu massakari hen [Résidence Dokudami – En plein été], juillet.

Dokushin apâto dokudami sô – Akitakenawa hen [*Résidence Dokudami – Aux plus beaux jours de l'automne*], octobre.

Dokushin apâto dokudami sô – Kotatsu no kisetsu hen [Résidence Dokudami – La saison du kotatsu], décembre.

2002 - an 14 de l'ère Heisei

Dokushin apâto dokudami sô – Yoshio no seishun hen [Résidence Dokudami – La jeunesse de Yoshio], mars.

Dokushin apâto dokudami sô – Tsuyu no atosaki hen [Résidence Dokudami - Avant et après la saison des pluies], juin.

Dokushin apâto dokudami sô – Gorita keiji hen [Résidence Dokudami – L'inspecteur Gorita], septembre.

Dokushin apâto dokudami sô – Furusato kaikihen [Résidence Dokudami – Retour au pays], décembre.

2003 - an 15 de l'ère Heisei

Dokushin apâto dokudami sô - Rokuda Daisuke I hen [Résidence Dokudami – Daisuke Rokuda I], mars.

Dokushin apâto dokudami sô – Rokuda Daisuke 2 hen [Résidence Dokudami – Daisuke Rokuda 2], juin.

Dokushin apâto dokudami sô – Yôi kaiki hen [Résidence Dokudami – Étrange et mystérieux], juillet.

Dokushin apâto dokudami sô – Gô Hiromi hen [Résidence Dokudami – Gô Hiromi], novembre.

2004 - an 16 de l'ère Heisei

Parution de *Kaettekita Dokudami sô [Le retour de la résidence Dokudami]*, dans la revue Shûkan Manga, comme bonus aux lecteurs pour le Nouvel An (du numéro double des 7 et 14 janvier au numéro du 4 février/4 épisodes/auteur Takashi Fukutani, dessins Kazunori Nakagawa, assistance au scénario Miki Yamazaki).

Dokushin apâto dokudami sô – Hentai yokujô hen [Résidence Dokudami – Désir pervers], février.

Chronologie établie par :
Mitsuhiro Asakawa et
Kôhei Okita.
avec le concours de :
Mari Fukutani, Hiroshi Fukutani, Tôshirô Kunishio, Hiroshi Taguchi, Katsumi Kamon, Masaaki Hanazawa, Kôichi Yuri, Yon Sôda, Yûkichi Yamamatsu, et Yoshiaki Hori.

Aide au recensement des oeuvres :
Akiko Iwafuchi et Kei Iwafuchi.

ANNÉES 2000

Au parc Koganei. Vers la fin 1999 – début 2000.

2000- an 12 de l'ère Heisei (48 ans)

Le 9 septembre, après 40 jours de soins intensifs, Takashi Fukutani décède à l'hôpital d'un oedème pulmonaire. On lui donne pour nom posthume « Seifukuinchikakugishinkoji ».

Jigoku ni hotoke... Kamisama, hotoke sama, hôbunsha [*Un soutien dans l'épreuve... Dieu, Bouddha, et les éditions Hôbun*], essai, *Hôbunsha 50 nen no ayumi* [*Les éditions Hôbun – Une marche de 50 ans*] (Éditions Hôbunsha / non disponible à la vente), juillet.

Mangakai no isai ga 20 seiki wo kakenuketa [*Un talent exceptionnel de l'univers du manga a traversé le 20ème siècle*], article commémoratif, Shûkan Manga Times, numéro du 6 octobre.

2001 - an 13 de l'ère Heisei

Hôbunsha publie une nouvelle version bon marché diffusée dans les supérettes (konbini) de *Résidence Dokudami*, dans la série Maiparu Comics (13 volumes jusqu'en février 2004. Sont également rassemblés des épisodes non encore parus en albums).

Fukutani shi wo shinonde [*En regrettant Monsieur Fukutani*], article, numéro spécial de la revue Shûkan Times, janvier.

A gauche :
Dernière page du dernier épisode de *Shin Dokudami sô* (Shûkan Manga, numéro du 26 août 1994). Le poème de la dernière case est tiré de *Taimatsu*, de Takeji Muno. Ce poème est cité à plusieurs reprises dans *Résidence Dokudami*.

Même si l'on me piétine,
Qu'on me frappe,
Me brûle,
Me fasse cuire,
C'est cela, c'est cela que je suis !
Cependant
Qu'est-ce donc que « cela » ... ?
Quoi qu'il arrive, sans « cela » je ne peux me sentir comblé,
Quoi qu'il manque, c'est quelque chose qui comble « cela »...
Mais qu'est-ce que « cela » ?

※この物語はあくまでフィクションで、実在の団体、企業、人物などとは一切関係ありません。

■ヨシオの悩める人生いつ終わる？

※おことわり。作者病気療養のため、新どくだみ荘はしばらく休載させていただきます。

1998- an 10 de l'ère Heisei (46 ans)

Fukutani ne travaillant plus, ses revenus diminuent de manière considérable. En mars, il déménage de Amanuma, dont le loyer était trop cher, à Hôyashi Hibarigaoka. Son état ne s'améliore pas, et il doit marcher avec une canne. En juin, il est opéré de la cataracte.

1999 - an 11 de l'ère Heisei (47 ans)

S'efforçant de renoncer à l'alcool, il se rétablit au point de faire des excursions à vélo ; mais bientôt il se remet à boire à l'insu de sa femme. Souffrant d'hallucinations, il s'affaiblit peu à peu psychologiquement.

Binbô manga no meishu intabyû / Fukutani Takashi, interview, tiré de Banyû binbô manga taikei, éditions Shôden, novembre .

Pendant un temps, il se rétablit au point de faire des excursions a vélo. Au lac Tama, en automne 1998.

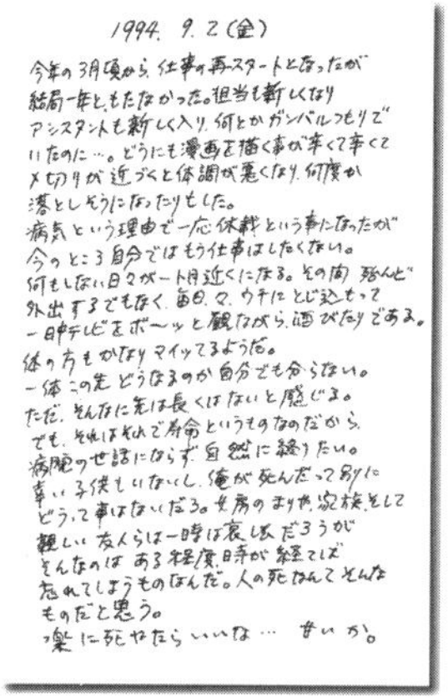

1994. 9. 2（金）
今年の3月頃から、仕事の再スタートとなったが
結局一年ともたなかった。担当も新しくなり
アシスタントも新しく入り、何とかガンバルつもりで
いたのに…。どうにも漫画を描く事が辛くて辛くて
〆切りが近づくと体調が悪くなり、何度か
落としそうになったりもした。
病気という理由で一応休載という事になったが
今のところ自分ではもう仕事はしたくない。
何もしない日々が一ヶ月近くになる。その間、殆んど
外出するでもなく、毎日々々ウチにとじ込もって
一日中テレビをボーッと観ながら、酒びたりである。
体の方もかなりマイッてるようだ。
一体この先どうなるのか自分でも分らない。
ただ、そんなに先は長くはないと感じる。
でも、それはそれで寿命というものなのだから。
病院の世話にならず自然に終りたい。
幸い子供もいないし、俺が死んだって別に
どうって事はないだろう。女房のまりや、家族、そして
親しい友人らは一時は哀しむだろうが
そんなのはある程度、時が経てば
忘れてしまうものなんだ。人の死なんてそんな
ものだと思う。
楽に死ねたらいいな…　甘いか。

Lettre d'adieu de Fukutani, datée du 2 septembre 1994

Ô kowa burakku auto ûman [*La terrifiante blackout woman*], Shûkan Manga, numéro du 27 mai. *Shin Dokudami sô* [*La nouvelle résidence Dokudami*].

Tatoeba mûn doggumachinê no yô ni [*Par exemple, comme une moondog matinée*], Shûkan Manga, numéro du 10 juin. *Shin Dokudami sô* [*La nouvelle résidence Dokudami*].

Sotto akari wo keshite [*Éteins la lumière tout doucement*], Shûkan Manga, numéro du 24 juin. *Shin Dokudami sô* [*La nouvelle résidence Dokudami*].

Jasumin tî wo mô ippai [*Une autre tasse de thé au jasmin*], Shûkan Manga, numéro du 8 juillet. *Shin Dokudami sô* [*La nouvelle résidence Dokudami*].

Jasumin tî wo mata mata ippai [*Encore une autre tasse de thé au jasmin*], Shûkan Manga, numéro du 15 juillet. *Shin Dokudami sô* [*La nouvelle résidence Dokudami*].

Sanhaime demo jasumin tî dane [*La troisième tasse aussi c'est du thé au jasmin*], Shûkan Manga, numéro du 22 juillet *Shin Dokudami sô* [*La nouvelle résidence Dokudami*].

Yonhaime niwa koime no jasumin tî [*Du thé au jasmin bien fort pour la quatrième tasse*], Shûkan Manga, numéro du 29 juillet. *Shin Dokudami sô* [*La nouvelle résidence Dokudami*]

Saigo mo yappari jasumin tî dane [*Et encore du thé au jasmin pour finir*], Shûkan Manga, numéro du 5 août. *Shin Dokudami sô* [*La nouvelle résidence Dokudami*].

Aishû hosupitaru [*Hôpital de la mélancolie*], Shûkan Manga, numéros du 12 au 26 août (3 épisodes). *Shin Dokudami sô* [*La nouvelle résidence Dokudami*]. À partir du numéro du 12 août, le nom de Takashi Fukutani ne figure plus sur la couverture.

Albums mangas

Shin Dokudami sô [*La nouvelle résidence Dokudami*] volume 1, février ; volume 2, mars ; volume 3, avril; volume 4, juillet ; volume 5, novembre.

1995- an 7 de l'ère Heisei (43 ans)

À cette époque, sa femme Mari voit Fukutani brûler des dessins dans son jardin. Il s'agirait de planches de l'épisode *Ai to shi wo mitsumete* [*Face à l'amour et à la mort*], au sujet duquel il s'est fait attaquer en 1988 pour avoir traité du problème du sida. Nouvelle adaptation cinématographique de *Résidence Dokudami*. Comme le précédent, le film est réalisé par Seika Abe, avec dans le rôle principal Toshikazu Fukawa. *Shin Dokudami sô* et *Shin Dokudami sô 2* sont mis en vente en tant que vidéos originales. À cette occasion paraissent les mangas *Shin Dokudami sô* volumes 6 et 7, rassemblant des épisodes anciens qui jusqu'ici n'avaient pas encore été réédités en albums.

Albums mangas

Shin Dokudami sô [*La nouvelle résidence Dokudami*] volume 6, mars ; volume 7, septembre.

1997- an 9 de l'ere Heisei (45 ans)

Au cours de l'été, il se fait opérer de l'oesophage : son foie étant ravagé par l'alcool, le nombre des plaquettes sanguines avait diminué, causant une hémorragie. Son médecin le prévient qu'une nouvelle opération serait fatale. Lorsqu'il quitte l'hôpital, il parvient à peine à marcher.

Publicité pour le film *Dokudami, la résidence du célibataire* .

de dessiner, et la série se termine en à peine 15 épisodes. L'histoire, dans laquelle un ami de Yoshio meurt de dépendance à l'alcool, est impossible à développer, et finalement aucun épisode n'est publié en manga. (Le manga *Shin Dokudami sô* des éditions Hôbunsha sélectionne des épisodes d'avant 1993, et diffère de la série *Shin Dokudami sô* parue en 1994). Fukutani, dont l'éthylisme a fortement augmenté, baigne littéralement chaque jour dans l'alcool. En septembre, il écrit son testament (?)

Jôkyô hen [*Monter à Tôkyô*], Shûkan Manga, numéros du 1er au 15 avril (3 épisodes). *Shin Dokudami Sô* [*La nouvelle résidence Dokudami*].

Sô macchi toraburu dâ [*C'est tellement de boulot*], Shûkan Manga, numéro du 29 avril. *Shin Dokudami sô* [*La nouvelle résidence Dokudami*].

Kurai tu mi [*Cry To Me*], Shûkan Manga, numéro du 13 mai *Shin Dokudami sô* [*La nouvelle résidence Dokudami*].

Couverture du premier épisode de *Riteiku* (Action Pizatts, numéro du 6 mai 1992).

1992 - an 4 de l'ère Heisei (40 ans)

Il tente de poursuivre la série en réintroduisant des personnages apparus dans le passé, mais son enthousiasme diminue graduellement. *Riteiku*, histoires de voyous commandée par un autre magazine, se termine en à peine deux épisodes, Fukutani n'ayant pas su organiser son emploi du temps.

Uragiri no machikado [*Carrefour des trahisons*], Shûkan Manga, numéros du 31 janvier au 28 février.

Yume de aimashô [*Rendez-vous dans nos rêves*], Shûkan Manga, numéros du 6 au 27 mars (4 épisodes).

Netafuri rôjin saisai tôjô [*Nouvelle réapparition du vieux qui fait semblant de dormir*], Shûkan Manga, numéros du 3 avril au 22 mai (8 épisodes).

Riteiku [*Retake*], Action Pizatts (éditions Futaba), numéros des 6 mai et 5 août (2 épisodes) non-achevé.

Paranoia kuraishisu [*Paranoïa Crisis*], Shûkan Manga, numéros du 29 mai au 31 juillet (10 épisodes).

Rifurein [*Refrain*], Shûkan Manga, numéros du 7 août au 18 septembre (5 épisodes).

Nogare no machi [*La Ville de la fuite*], Shûkan Manga, numéros du 25 septembre 1992 au 5 mars 1993 (22 épisodes).

Albums mangas

Dokudami, la résidence du célibataire volume 33, avril ; volume 34, août.

1993- an 5 de l'ère Heisei (41 ans)

Annonce qu'il ne dessinera plus. *Résidence Dokudami* s'arrête brusquement au bout du 648ème épisode.

"Je ne sais pas quand ça sera, mais je me demande ce que je ferai de Yoshio quand la série se terminera. Je le ferai se marier et rentrer à la campagne. Mais ça ne marchera pas avec sa femme et il retournera dans cette chambre. C'est ce que j'imagine pour le moment." (Takashi Fukutani dans le *Asahi Graph* du 5 juillet 1991)

Dernière page du dernier épisode de *Résidence Dokudami* (Shûkan Manga, numéro du 2 avril 1993).

1994 - an 6 de l'ère Heisei (42 ans)

Face à une forte demande de la rédaction, la série reprend sous le titre *Shin Dokudami sô* [*La nouvelle résidence Dokudami*]. Cependant, Fukutani ayant plagié à plusieurs reprises un autre auteur de mangas, ce dernier l'attaque par l'intermédiaire de la rédaction. Un arrangement financier à l'amiable est trouvé, mais Fukutani regrette fortement d'avoir utilisé l'œuvre d'un autre, même si c'était pour respecter les délais. En même temps qu'il présente ses excuses, il annonce à nouveau qu'il arrête

En 1991, dans le bar Fukuyoshi, à Asagaya (photo : Kazutaka Satô).

1991 - an 3 de l'ère Heisei (39 ans)

En panne d'inspiration, il lui arrive de plus en plus de faire traîner en longueur des épisodes.

Hôkô no machi [*La ville du vagabondage*], Shûkan Manga, numéros du 8 mars au 24 mai (11 épisodes). Composé en 2 parties.

Bangaihen [*Hors-série*], Shûkan Manga, numéro du 22 mars. Sous-titre *Shuku wangan sensô shûketsu* [*Fin de la guerre du Golfe*].

Buraddo shinpuru [*Blood Simple*], Shûkan Manga, numéros du 31 mai au 14 juin (3 épisodes).

Chappurei burendeddo tôkyô fureibâ [*Chapray Blended Tokyo Flavor*], Shûkan Manga, numéros des 21 et 28 juin (2 épisodes).

Hors-série sur l'opinion de l'auteur à propos du sexe et de son expression.

Puriggu shindorômu [*Prig Syndrome*], Shûkan Manga, numéros du 5 juillet au 9 août (6 épisodes).

Article, Asahi Graph (Bureau du journal Asahi), numéro du 5 juillet.

Burai no kage [*L'ombre du vaurien*], Shûkan Manga, numéros du 16 août au 27 septembre (6 épisodes).

Ôtamunaito horâ [*Autumn Night Horror*], Shûkan Manga, numéros du 4 octobre au 18 octobre (3 épisodes).

Nageki no P.M konpurekkusu [*Le triste complexe P.M*], Shûkan Manga, numéros du 25 octobre au 15 novembre (4 épisodes).

Merankorî shitiî [*Melancholy City*], Shûkan Manga, numéros du 22 novembre 1991 au 24 janvier 1992 (9 épisodes).

Albums mangas

Dokudami, la résidence du célibataire volume 31, mai ; volume 32, septembre.

ANNÉES 1990

Deux hors-séries, que la rédaction a dû improviser à partir de copies, les planches n'étant pas arrivées à temps. La publication d'épisodes aussi décevants génère chez Fukutani un sentiment de culpabilité vis-à-vis de ses lecteurs ; cette pression concernant les épisodes à venir le pousse peu à peu vers l'alcool. La relation de confiance avec le responsable de la rédaction ne fait que se détériorer.

90 - an 2 de l'ère Heisei (38 ans)

À partir de cette époque, il lui arrive de ne pas rendre ses planches à temps. Vu l'importance d'une publication régulière de *Résidence Dokudami*, pilier de la revue, la rédaction publiait parfois des épisodes qu'elle fabriquait à partir d'anciens épisodes. Pour fêter le 500e épisode, publication de *Fukutani Takashi monogatari*, qui raconte la vie de l'auteur depuis ses débuts.

Ero mangaka no higeki [*La tragédie du dessinateur de mangas pornos*], Shûkan Manga, du numéro double des 5 et 12 janvier au numéro du 2 février (4 épisodes).

Bangaihen [*Hors-série*], Shûkan Manga, numéro du 9 février fabriqué par la rédaction ?

Mabudachi [*Les potes*], Shûkan Manga, numéros du 16 février au 6 avril (8 épisodes).

Mangaka Fukutani Takashi monogatari [*Histoire de Takashi Fukutani, auteur de mangas*], Shûkan Manga, numéros du 13 avril au 25 mai (6 épisodes). Le numéro du 13 avril a pour titre *Shuku 500 kai kinen* [*Célébration du 500e épisode*].

Punk kozô ni love song wo [*Une chanson d'amour pour le p'tit punk*], Shûkan Manga, numéros du 1er juin au 13 juillet (7 épisodes).

Nonbiri, ningenmi aru Ogikubo no shôtengai [*La rue commerçante de Ogikubo, paisible et pleine d'humanité*], essai, journal Sankei Sports, numéro du 15 juin.

Chenjingu mai sôru [*Changing My Soul*], Shûkan Manga, numéros du 20 juillet au 31 août (7 épisodes).

Auto gurô [*Out Glow*], Shûkan Manga, numéros du 7 au 21 septembre (3 épisodes).

Nageki no fattsuman [*Les lamentations du gros-ventre*], Shûkan Manga, numéros du 28 septembre au 12 octobre (3 épisodes).

Kanashimi no minamijûjisei [*La Croix du Sud de la tristesse*], Shûkan Manga, numéros du 19 octobre au 23 novembre (6 épisodes).

Yoshio atteint ses trente ans au numéro du 19 octobre.

B saido akutâ kyôsôkyoku [*Capriccio de l'acteur de série B*], Shûkan Manga, numéros du 30 novembre au 21 décembre (4 épisodes).

Kurifuhangâ endingu [*Cliffhanger Ending*], Shûkan Manga, numéros du 28 décembre 1990 au 1er mars 1991 (9 épisodes).

Albums mangas

Dokudami, la résidence du célibataire volume 28, janvier; volume 29, août; volume 30, novembre.

Sake wa namida ka tameiki ka... [*Le saké, larmes ou soupirs ... ?*], Shûkan Manga, numéros des 3 et 10 février (2 épisodes).

Kanashimi no inka [*Triste Fleur impudique*], Shûkan Manga, numéros du 17 février au 31 mars (7 épisodes).

Bônasu pêji [*Page bonus*], Shûkan Manga, numéro du 24 mars.

Gunzô Okayama isai tasai binbôkaki jinsei hiraku (article), journal Sanyô, numéro du 6 avril.

Haruranman, Shûkan Manga, numéros du 7 avril au 19 mai (7 épisodes).

Yasashiku utatte [*Une chanson douce*], Shûkan Manga, numéros du 26 mai au 7 juillet (7 épisodes).

AV ûman rapusodî [*AV Woman Rhapsody*], Shûkan Manga, numéros du 14 au 8 juillet (3 épisodes).

Saikai no machi [*La ville des retrouvailles*], Shûkan Manga, numéros du 4 au 25 août (4 épisodes).

'89 Kaikisen [*'89 Tropique*], Shûkan Manga, numéros du 1er septembre au 10 novembre (11 épisodes) composé en 3 parties.

Kaze ni fukarete [*Soufflé par le vent*], Shûkan Manga, numéros du 17 novembre au 29 décembre. (6 épisodes). Nouvelles excuses envers les personnes concernées par le virus HIV dans la rubrique des lecteurs du numéro du 17 novembre (au nom de la rédaction).

Bangaihen (*Hors-série*), Shûkan Manga, numéro du 15 décembre fabriqué par la rédaction ?

Bônasu pêji [*Page bonus*], Shûkan Manga, numéro du 15 décembre.

Albums manga

Dokudami, la résidence du célibataire volume 26, février ; volume 27, juillet.

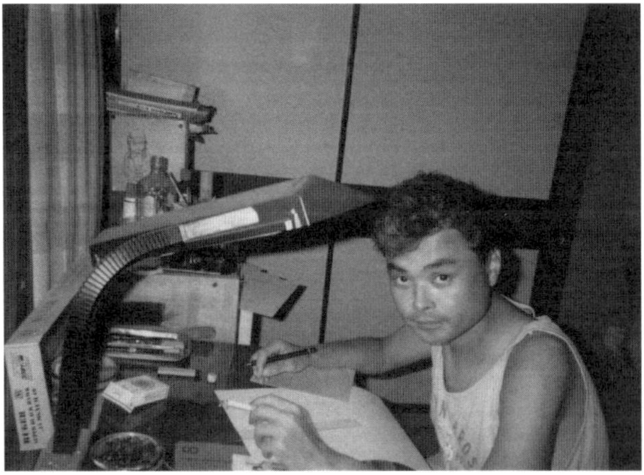

Fukutani en train de dessiner. Vers la fin des années 80.

Kimi ni namida to chôshô wo... [*À toi, mes larmes et un sourire moqueur*], Shûkan Manga, numéros du 10 juin au 17 juillet (6 épisodes).
Bônasu pêji [*Page bonus*], Shûkan Manga, numéro du 24 juin.
Bohemian rapusodî [*Bohemian Rhapsody*], Shûkan Manga, numéros du 22 juillet au 12 août (4 épisodes).
Bônasu pêji [*Page bonus*], Shûkan Manga, numéro du 5 août.
Rasutaman baiburêshon [*Rastaman Vibration*], Shûkan Manga, numéros du 19 août au 23 septembre (6 épisodes).
Dokudami sô bangaihen [*Résidence Dokudami – Hors-série*], numéro spécial de la revue Shûkan Manga Times, 8 septembre.

Saikikku fankushon [*Psychic Function*], Shûkan Manga, numéros du 30 septembre au 28 octobre (5 épisodes).
Bônasu pêji [*Page bonus*], Shûkan Manga, numéro du 28 octobre.
Ai to shi wo mitsumete [*Face à l'amour et à la mort*], Shûkan Manga, numéro du 4 novembre au 9 décembre (6 épisodes).
Uwasa wa hontô datta ! Dokudami sô satsuei kaichô (*La rumeur était vraie ! Le tournage de Résidence Dokudami se passe bien*] Shûkan Manga, numéro du 9 décembre. Article relatant les dernières nouvelles concernant le film.
Seishoku no hi [*Le tombeau du sacerdoce*], Shûkan Manga, numéros du 16 décembre 1988 au 27 janvier 1989 (6 épisodes); Excuses envers les personnes concernées par le virus HIV dans la rubrique des lecteurs du numéro du 27 janvier (au nom de la rédaction et de Takashi Fukutani).

Albums Mangas

Dokudami, la résidence du célibataire volume 22, février ; *volume 23*, mai ; *volume 24*, août ; *volume 25*, novembre.

1989 - an 64 de l'ère Showa / 1re année de l'ère Heisei (37 ans)

En janvier, le centre d'information sur le sida proteste contre l'épisode *Ai to shi wo mitsumete* [*Face à l'amour et à la mort*] paru en novembre, dont le contenu exprimerait « du dédain et de la discrimination ». Dans cet épisode, Yoshio, qui par erreur se fait diagnostiquer séropositif, est banni de la ville. Pendant environ dix mois, la rédaction s'entretient à plusieurs reprises avec le centre. Fukutani lui-même se rend là-bas afin de présenter ses excuses. Il est profondément troublé par le fait que *Résidence Dokudami*, qui a pour héros un laissé-pour-compte de la société, se fasse critiquer par les défenseurs des laissés-pour-compte.
En novembre, Yûsaku Matsuda décède de maladie. Fukutani, qui était un proche, est profondément choqué.
Au cours de cette année et jusqu'à l'année suivante, sont produites trois vidéos d'animation originales.
Article publicitaire pour le film *Résidence Dokudami*, édition du soir du journal Sanyô (Éditions du journal Sanyô), numéro paru en janvier.

Affiche du dessin animé *Résidence Dokudami*.

Bônasu pêji [*Page bonus*], Shûkan Manga, numéro du 27 mars.
Ano nukumori wo mô ichido [*Fais-moi ressentir cette chaleur encore une fois*], Shûkan Manga, numéros des 3 et 10 avril (2 épisodes).
Sasurai no Jôji [*Georges le Vagabond*], Shûkan Manga, numéros du 17 avril au 15 mai (5 épisodes).
Tanin no fukô wa mitsu no aji [*Le malheur des autres a un goût de miel*], Shûkan Manga, numéros du 22 mai au 3 juillet (7 épisodes).
Bônasu pêji [*Page bonus*], Shûkan Manga, numéro du 3 juillet.
Yoru no hômonsha [*Le visiteur du soir*], Shûkan Manga, numéros du 10 au 24 juillet (3 épisodes).
Don't Look Back, Shûkan Manga, numéros du 31 juillet au 14 août (3 épisodes). À la sortie en version manga, le titre est changé pour *Furikaeruna kako wo* [*Ne regarde pas le passé*].
Kurêjî naito uôku man [*Crazy Night Walkman*], Shûkan Manga, numéros des 21 et 28 août (2 épisodes).
Pinku ledî nanka shiranaiyo [*Pink Lady, connais pas !*], Shûkan Manga, numéros du 4 au 25 septembre (4 épisodes).
Izuko e... [*Où es-tu...*], Shûkan Manga, numéros du 2 au 30 octobre (5 épisodes).
Izuko e... *Dainibu* [*Où es-tu... Seconde partie*], Shûkan Manga, numéros du 6 novembre au 11 décembre (5 épisodes). À la sortie en version manga, le titre est modifié par *Tokai no yûutsu* [*Mélancolie urbaine*].
Yumeiki toiki [*Rêves et soupirs*], Shûkan Manga, numéros du 18 décembre 1987 au 22 janvier 1988 (5 épisodes).

Albums mangas

Dokudami, la résidence du célibataire volume 19, janvier ; *volume 20*, avril ; *volume 21*, septembre.

1988- an 63 de l'ère Showa (35 ans)

Il se marie en juillet avec Mari Akimoto, qu'il a rencontrée dans le salon de thé Tomi, à Asagaya.
En décembre, première adaptation au cinéma de *Résidence Dokudami*, avec Third Nagashima, de la bande à Takeshi, dans le rôle principal. (Distribution : Shôchiku Fuji). Fukutani fait une apparition dans le rôle d'un passant.

Samushingu in shitî [*Something in* [the] *City*], Shûkan Manga, numéros du 29 janvier au 26 février (5 épisodes).
Kaikisen [*Tropique*], Shûkan Manga, numéros du 4 mars au 1er avril (5 épisodes).
Na mo naku mazushiku utsukushiku mo naku [*Sans nom, pauvre et même pas beau*], Shûkan Manga, numéros du 15 au 29 avril (3 épisodes).
Akai ito no densetsu [*La Légende du fil rouge*], Shûkan Manga, numéros du 6 au 27 mai (4 épisodes).
Kyôfu hanten [*Le Restaurant chinois de la terreur*], Shûkan Manga, numéro du 3 juin.

Au cours de l'émission "11 PM", en octobre 1986.
Lorsqu'on le questionne à propos de sa conscience professionnelle, il répond "Je n'ai toujours pas de conscience professionnelle." "Je vais peut-être changer de travail dans le futur." "Je n'aime pas le travail. Je n'aime pas travailler." "Les mangas, j'aime bien. C'est parce que j'aime bien que c'est le métier que j'exerce depuis le plus longtemps." "Pour l'instant j'ai envie de continuer."

Yabureta hâto wo urimono ni [*Faire de l'argent avec un cœur brisé*], Shûkan Manga, numéros du 1er au 15 août (3 épisodes).

Bônasu pêji [*Page bonus*], Shûkan Manga, numéro du 15 août.

Shirîzu – Kuzu no machi [*Série – La Cité des ordures*], Shûkan Manga, numéros du 22 août au 10 octobre (8 épisodes).

Taiyô no ataru basho [*Au soleil*], Shûkan Manga, numéros du 17 octobre au 5 décembre (8 épisodes).

Bônasu pêji [*Page bonus*], Shûkan Manga, numéro du 12 décembre.

Jinsei wa mamanaranai [*Dans la vie, tout ne marche pas comme on voudrait*], Shûkan Manga, numéros du 12 décembre 1986 au 2 janvier 1987 (4 épisodes).

Albums mangas

Dokudami, la résidence du célibataire volume 16, mars ; volume 17, août ; volume 18, octobre.

1987 - an 62 de l'ère Showa (34 ans)

De l'immeuble d'Asagaya, il déménage dans une maison près de Ogikubo, à Amanuma, Suginami. Sa femme, sortie en vélo soi-disant pour aller acheter du lait, ne revient jamais et ils divorcent.

Kôfuku no akai fûsen [*Le ballon rouge du bonheur*], Shûkan Manga, numéro double des 9 et 16 janvier.

'87 Otoko no hôkô [*'87 Le vagabond*], Shûkan Manga, numéros du 23 janvier au 20 février (5 épisodes).

Orîbu gyaru ni goyôjin [*Attention à la fille aux olives*], Shûkan Manga, numéros du 27 février au 27 mars (5 épisodes).

BGM wa tameiki de [*Soupirs pour musique d'ambiance*], Shûkan Manga, numéros du 20 septembre au 4 octobre (3 épisodes).

Desu torappu [*Death Trap*], Shûkan Manga, numéros du 11 au 25 octobre (3 épisodes).

Bônasu pêji [*Page bonus*], Shûkan Manga, numéro du 25 octobre.

Ikiru [*Vivre*], Shûkan Manga, numéros des 1er et 8 novembre (2 épisodes).

Imôto yo... [*À ma sœur..*], Shûkan Manga, numéros des 15 et 22 novembre (2 épisodes).

Â tanshin funin [*Ah, les expatriés solitaires*], Shûkan Manga, numéros du 29 novembre au 27 décembre (5 épisodes).

Bônasu pêji [*Page bonus*], Shûkan Manga, numéro du 6 décembre.

Albums mangas

Dokudami, la résidence du célibataire volume 13, février ; volume 14, juillet ; volume 15, novembre.

1986 - an 61 de l'ère Showa (34 ans)

En octobre, il participe à l'émission télévisée nocturne à succès "11 PM". Il parle de l'époque où il était très pauvre, avant de faire ses débuts. Pendant l'enregistrement, il boit le whisky offert par les sponsors et surprend les organisateurs de l'émission, qui disent ne jamais avoir vu un invité boire autant pendant l'enregistrement. Le feuilleton ayant du succès et les mangas se vendant bien, il connait une vie relativement stable.

Mangaka zankoku monogatari [*Histoire cruelle d'auteur de mangas*], Shûkan Manga, numéro du 3 janvier et numéro double des 10 et 17 janvier (2 épisodes).

'86 Otoko no hôkô [*'86 Le vagabond*], Shûkan Manga, numéros du 24 janvier au 7 février (3 épisodes).

Tôkyô Lalabai [*Tôkyô Lullaby*], Shûkan Manga, numéros du 14 février au 7 mars (4 épisodes).

Bônasu pêji [*Page bonus*], Shûkan Manga, numéro du 7 mars.

Mûn doggu machinê [*Moon Dog Matinée*], Shûkan Manga, numéros du 14 au 28 mars (3 épisodes).

Haru yo koi [*Viens vite, printemps !*], Shûkan Manga, numéros du 4 au 18 avril (3 épisodes).

Hangu ôvâ [*Hangover*], Shûkan Manga, numéros du 25 avril au 9 mai (3 épisodes).

Bônasu pêji [*Page bonus*], Shûkan Manga, numéro du 2 mai.

Telekura gyaru ni goyôjin [*Attention à la telephone club girl*], Shûkan Manga, numéros des 16 et 23 mai (2 épisodes).

Hashire erosu [*Cours, Éros !*], Shûkan Manga, numéros du 30 mai au 13 juin (3 épisodes).

Mayonaka no hômonsha [*Le visiteur de la pleine nuit*], Shûkan Manga, numéros du 20 juin au 4 juillet (3 épisodes).

Yu no machi elejî [*Élégie de la ville thermale*], Shûkan Manga, numéros du 11 au 25 juillet (3 épisodes).

Bônasu pêji [*Page bonus*], Shûkan Manga, numéro du 18 juillet.

Au cours de l'émission "11 PM" en octobre 1986. À gauche, le présentateur Gi-ichi Fujimoto.

Wâkingu holidê [*Working Holiday*], Shûkan Manga, numéros du 12 octobre au 2 novembre (3 épisodes).

Yume de aimashô [*Rendez-vous dans nos rêves*], Shûkan Manga, numéros des 9 et 16 novembre (2 épisodes).

Korekara no jinsei [*La Vie qui m'attend*], Shûkan Manga, numéros des 23 et 30 novembre (2 épisodes).

Kageki na kibun de mô ichido [*Encore une fois, d'humeur excessive*], Shûkan Manga, numéros des 7 et 14 décembre (2 épisodes).

Hiru mero wa inbi na kaori [*Les mélodrames de l'après-midi ont une odeur impudique*], Shûkan Manga, numéro du 21 décembre.

Fûtura bôrudo itarikku [*Futura Bold Italic*], Shûkan Manga, numéro du 28 décembre.

1985 - an 60 de l'ère Showa (33 ans)

Les bonnes ventes des mangas de Fukutani entraînent des publications en version grand format.

Happî endo wa kareini [*Splendide happy end*], Shûkan Manga, numéro des 4 et 11 janvier.

'85 Otoko no hôkô [*'85 Le Vagabond*], Shûkan Manga, numéros des 18 et 25 janvier (2 épisodes).

Oki ni mesu mama [*Comme il vous plaira*], Shûkan Manga, numéro du 1er février.

Shin kaikisen [*Le nouveau tropique*], Shûkan Manga, numéros du 8 février au 8 mars (5 épisodes).

Haru no yokan [*Prémices du printemps*], Shûkan Manga, numéros des 15 et 22 mars (2 épisodes).

Vâjin gyaru ni ichiban nori [*Premier à monter la pucelle*], Shûkan Manga, numéro du 29 mars.

Burondomusume ni goyôjin [*Attention à la blonde*], Shûkan Manga, numéro du 5 avril.

Akusen mi ni tsukazu [*Bien mal acquis ne profite jamais*], Shûkan Manga, numéro du 12 avril.

Soshite boku wa tohô ni kureta [*Et là, je savais plus quoi faire*], Shûkan Manga, numéros du 19 avril au 17 mai (5 épisodes).

Shijô no ai [*Amour suprême*], Shûkan Manga, numéro du 24 mai.

Netafuri rôjin saitôjô [*Réapparition du vieux qui fait semblant de dormir*], Shûkan Manga, numéros du 31 mai au 21 juin (4 épisodes).

Bônasu pêji [*Page bonus*], Shûkan Manga, numéro du 7 juin.

Omoide no sebuntîn iyâzu [*Souvenir de mes dix-sept ans*], Shûkan Manga, numéros du 28 juin au 19 juillet (4 épisodes).

Kibun wa boirudo appu hâdo [*D'humeur bouillonnante*], Shûkan Manga, numéros du 26 juillet au 23 août (5 épisodes).

Asagaya kaidan – Yûjin A no bâi [*Histoires de fantômes d'Asagaya – Le cas de mon ami A*], Shûkan Manga, numéro du 30 août.

Kaidan Shiogahama [*Histoires de fantômes de Shiogahama*], Shûkan Manga, numéros des 6 et 13 septembre (2 épisodes).

Porte une parka à la Yoshio Hori.

Dokudami Land. Numéro spécial de la revue Shûkan Manga Times, numéro du 25 août 1983.

Chappurei burendeddo tôkyô fureibâ [*Chapray Blended Tôkyô Flavor*], Shûkan Manga, numéros des 4 et 11 novembre (2 épisodes). À la sortie en version manga, le titre est modifié par *Kurêjî Labu* [*Crazy Love*].

Nokku on enî doa [*Knock On Any Door*], Shûkan Manga, numéros du 25 novembre au 23 décembre (5 épisodes).

Tendâ izu za naito [*Tender Is The Night*], Shûkan Manga, numéro du 30 décembre.

Albums Mangas

Dokudami, la résidence du céibataire volume 7, janvier ; volume 8, mai ; volume 9, novembre; volume 10, volume 11 et volume 12.

1984 - an 59 de l'ère Showa (32 ans)

Déménage dans un immeuble au nord d'Asagaya.

Santa ga machi ni yattekita [*Le père noël est dans la ville*], Shûkan Manga, numéros des 6 et 13 janvier.

'84 Otoko no hôkô [*'84 Le Vagabond*], Shûkan Manga, numéros du 20 janvier au 3 février.

Saikai [*Retrouvailles*], Shûkan Manga, numéro du 10 février.

Haru mada tôshi [*Le printemps est encore loin*], Shûkan Manga, numéros du 17 février au 2 mars (3 épisodes).

Putto itto on [*Put It On*], Shûkan Manga, numéro du 9 mars.

A litoru taimu [*A Little Time*], Shûkan Manga, numéros des 16 et 23 mars (2 épisodes).

Middo naito mûvâ [*Midnight Mover*], Shûkan Manga, numéro du 30 mars.

Yajû keiji no higeki II [*La tragédie de l'inspecteur bestial II*], Shûkan Manga, numéros du 6 au 20 avril (3 épisodes).

Shin dôsei jidai [*La Nouvelle Époque du concubinage*], Shûkan Manga, numéros du 27 avril au 18 mai (4 épisodes).

893 aika [*893 chansons tristes*], Shûkan Manga, numéros du 25 mai au 8 juin (3 épisodes)

Sumôru chenji [*Small Change*], Shûkan Manga, numéro du 15 juin.

Ura bideo kyôsôkyoku [*Capriccio de vidéos pornos*], Shûkan Manga, numéro du 22 juin.

Bônasu pêji [*Page bonus*], Shûkan Manga, numéro du 29 juin.

Ai to makoto no hanashi [*Une histoire d'amour et de sincérité*], Shûkan Manga, numéro du 29 juin.

Litoru tendânesu [*Little Tenderness*], Shûkan Manga, numéro du 6 juillet.

Naito tugezâ [*Night Together*], Shûkan Manga, numéros des 13 et 20 juillet (2 épisodes).

Daimajin no koi [*Un amour du Daimajin*], Shûkan Manga, numéros du 27 juillet au 10 août (3 épisodes).

Nettaiyo [*Nuit tropicale*], Shûkan Manga, numéro du 17 août.

Îjî sukaikingu [*Easy Skanking*], Shûkan Manga, numéros des 24 et 31 août (2 épisodes).

Kureijî naito dorîmâ [*Crazy Night Dreamer*], Shûkan Manga, numéro du 7 septembre.

Nageki no fechisuto [*Les Lamentations du fétichiste*], Shûkan Manga, numéros des 14 et 21 septembre (2 épisodes).

Inkei jizoku bokkishô [*Symptôme d'érection continue*], Shûkan Manga, numéros du 28 septembre au 5 octobre.

'83 Otoko no hôkô [*'83 Le Vagabond*], Shûkan Manga, numéro du 21 janvier
Satisufai mai sôru [*Satisfy My Soul*], Shûkan Manga, numéros des 28 janvier et 4 février (2 épisodes).
Ai wa chikyu wo sukuwanai [*L'amour ne peut sauver le monde*], Shûkan Manga, numéro du 11 février.
Fû za kyappu fitto [*Who the Cap Fit*], Shûkan Manga, numéros des 18 et 25 février (2 épisodes).
Tôkyô lasuto naito [*Tôkyô Last Night*], Shûkan Manga, numéros des 4 et 11 mars (2 épisodes).
Kônâ sutôn [*Corner Stone*], Shûkan Manga, numéros du 18 mars au 1er avril (3 épisodes).
Daun andâ [*Down Under*], Shûkan Manga, numéro du 8 avril.
Supuringu Kânibaru II [*Spring Carnival II*], Shûkan Manga, numéro du 15 avril.
Tacchingu za antacchaburu [*Touching The Untouchable*], Shûkan Manga, numéros des 22 et 29 avril (2 épisodes).
Rôringu on za rôdo [*Rolling On The Road*], Shûkan Manga, numéro du 6 mai.
Shinjiru hito wa sukuwarenai !? [*Ceux qui ont la foi ne seront pas sauvés !?*], Shûkan Manga, numéro du 13 mai.
Furasshu bakku [*Flashback*], Shûkan Manga, numéros des 20 et 27 mai (2 épisodes).
Wan doroppu [*One Drop*], Shûkan Manga, numéro du 3 juin.
Nô shinpashî [*No Sympathy*], Shûkan Manga, numéro du 10 juin.
Getto appu sutando appu [*Get Up, Stand Up*], Shûkan Manga, numéro du 17 juin.
Kaikisen IV [*Tropique IV*], Shûkan Manga, numéros du 24 juin au 8 juillet (3 épisodes).
Shinjuku poruno biru no shuyaku wa masani shûkan joshidaisei jôhô daze (Reportage sur les établissements de plaisir], Shûkan rupo (Shôgakukan), numéro du 15 juillet.
Sutâtingu wizu [*Starting With*], Shûkan Manga, numéros des 15 et 22 juillet (2 épisodes).
Wizuauto yû [*Without You*], Shûkan Manga, numéros du 29 juillet au 12 août (3 épisodes).
Asagaya kaidan II [*Histoires de fantômes d'Asagaya II*], Shûkan Manga, numéro du 19 août.
Dokudami lando [*Dokudami Land*], premier numéro de Shûkan Manga Times (Hôbunsha), numéro du 25 août. Récit court ne faisant pas partie de *Résidence Dokudami*.
Îjî sukaikingu [*Easy Skanking*], Shûkan Manga, numéro du 26 août.
Totsugeki Okutama tankentai [*Les Explorateurs à l'assaut d'Okutama*], Shûkan Manga, numéros des 2 et 9 septembre (2 épisodes).
Tokyo Gigolo, Shûkan Manga, numéros des 16 et 23 septembre (2 épisodes).
Toppu rankingu [*Top Ranking*], Shûkan Manga, numéro du 30 septembre.
Kurêjî haisawâ [*Crazy Hi-Sour*], Shûkan Manga, numéro du 7 octobre.
Goddofâzâ [*Godfather*], Shûkan Manga, numéro du 14 octobre. En dernière page, interview de Takashi Fukutani pour fêter le 1500ème numéro de Shûkan Manga.
Kareinaru boku no ichinichi [*Ma Journée splendide*], Shûkan Manga, numéro du 21 octobre.
Manjû shitô hen [*Le combat à mort pour les manjû*], Shûkan Manga, numéro du 28 octobre.

Vers le milieu des années 80.

ANNÉES 1980

1980 - an 55 de l'ère Showa (28 ans)

Au cours de l'été, déménage de Kôenji à la résidence Asakura numéro 2, au sud d'Asagaya.

Suite au succès de *Résidence Dokudami* et pour répondre aux nombreuses demandes, il tente d'en faire une série hebdomadaire, tâche impossible qui lui pèse rapidement du fait de l'absence d'assistant.

Nô uman nô kurai [*No Woman, No Cry*], Shûkan Manga, numéro double des 4 et 11 janvier. À partir de ce numéro, commence une série hebdomadaire.

Kaikisen [*Tropique*], Shûkan Manga, numéro du 18 janvier.

Senchimentaru shitî roman [*Sentimental City Romance*], Shûkan Manga, numéro du 25 janvier.

Tasogare desumacchi [*Lutte à mort au crépuscule*], Shûkan Manga, numéro du 1er février.

Jasumin tî wo mô ippai [*Encore une tasse de thé au jasmin*], Shûkan Manga, numéro du 8 février.

Kanashimi no machikado [*Carrefour des chagrins*], Shûkan Manga, numéro du 22 février. Déjà, il prend un certain temps de repos à partir de ce numéro.

Reijî kureijî burûsu [*Lazy Crazy Blues*], Shûkan Manga, numéro du 23 mai.

Misutî môningu [*Misty Morning*], Shûkan Manga, numéro du 20 juin.

Tôkyô babilon [*Tôkyô Babylon*], Shûkan Manga, numéro du 18 juillet.

Îjî sukaikingu [*Easy Skanking*], Shûkan Manga, numéro du 15 août.

Teppôdama no bigaku [*Esthétique de la balle de fusil*], Shûkan Manga, numéro du 19 septembre.

Bad Trip, Shûkan Manga, numéro du 10 octobre.

Kurai tu mî [*Cry To Me*], Shûkan Manga, numéro du 17 octobre.

Burekingu auto [*Breaking Out*], Shûkan Manga, numéro du 21 novembre.

Sotto akari wo keshite [*Éteins la lumière tout doucement*], Shûkan Manga, numéro du 5 décembre. À partir de ce numéro, la série devient bi-mensuelle.

Ittsu ôru raito [*It's All Right*], Shûkan Manga, numéro du 19 décembre.

Albums mangas

Dokudami, la résidence du célibataire volume 1, juin, Hôbunsha ; volume 2, décembre.

Fukutani buvait toujours aux alentours de la Star road, à Asagaya.

Don't Look Back. D'après le premier numéro de Young magazine, 12 octobre 1981.

1981 - an 56 de l'ère Showa (29 ans)

Fukutani ayant engagé un assistant, la série devient bimensuelle. La revue *Young magazine* lui fait une commande pour son premier numéro. Il y présente le récit *Don't look back*.

Bad X'mas, Shûkan Manga, numéro du 2 janvier.

Good bye yakkai '80' [*Bon débarras, année 1980*], Shûkan Manga, numéro double des 9 et 16 janvier.

Nageki no 25 iyâzu [*25 ans de lamentations*], Shûkan Manga, numéro du 20 février.

Surô na bugi ni shinaide kure [*S'il te plaît, pas de slow boogie*], Shûkan Manga, numéro du 6 mars.

Tasogare no meiku labu konpanî [*La compagnie Make love du crépuscule*], Shûkan Manga, numéro du 20 mars.

Sôru ôlu maitî [*Soul Almighty*], Shûkan Manga, numéro du 3 avril.

Gôingu bakku tû Asagaya [*Going Back To Asagaya*], Shûkan Manga, numéro du 17 avril.

Kaze no machi [*La ville du vent*], Shûkan Manga, numéro du 1er mai.

Middonaito raidâ [*Midnight Rider*], Shûkan Manga, numéro du 15 mai.

Bendo daun rô [*Bend Down Law*], Shûkan Manga, numéro du 29 mai.

Fensu no mukô no amerika [*L'Amérique de derrière la barrière*], Shûkan Manga, numéro du 12 juin.

Tôkyô rapusodî [*Tôkyô Rhapsody*], Shûkan Manga, numéro du 26 juin.

Kaikisen 2 [*Tropique 2*], Shûkan Manga, numéro du 10 juillet.

Purizunâ [*Prisoner*], Shûkan Manga, numéro du 24 juillet. Adapté de l'histoire *Tôkyô mujô* [*Tokyo sans rêve et sans cœur*].

Jitsuroku Asagaya kaidan [*Véritables histoires de fantômes d'Asagaya*], Shûkan Manga, numéro du 7 août.

Bad Trip 2, Shûkan Manga, numéro du 21 août.

Mariwana paradaisu [*Marijuana Paradise*], Shûkan Manga, numéro du 4 septembre.

Kâten rezâ faitâ [*Curtain Leather Fighter*], Shûkan Manga, numéro du 18 septembre.

Mûn laito serenâde [*Moon Light Serenade*], Shûkan Manga, numéro du 2 octobre.

Biginâzu rakku [*Beginners' Luck*], Shûkan Manga, numéros des 9 et 16 octobre (2 parties).

Don't look back, premier numéro de *Young magazine*, 12 octobre.

Ôtamu kânibaru [*Autumn carnival*], Shûkan Manga, numéro du 30 octobre.

Magical World, Shûkan Manga, numéro du 13 novembre.

Kareinaru boku no ichinichi [*Ma journée splendide*], Shûkan Manga, numéro du 27 novembre.

★●★●???, Shûkan Manga, numéro du 11 décembre.

Albums Mangas

Dokudami, la résidence du célibataire volume 3, juillet ; volume 4, octobre.

Sous le chemin de fer aérien d'Asagaya, le bar Kameya, dont Fukutani était un habitué (photo prise en décembre 2000).

1982 - an 57 de l'ère Showa (30 ans)

Tous les vendredis, jour où il finit de dessiner *Résidence Dokudami*, il a pour habitude d'aller boire chez Kameya ou au Kuyo kuyo House, à Asagaya. Après les récits courts, il commence la série *Ducktail Yû* pendant une brève période (cinq épisodes). Il y travaille avec enthousiasme. Mais face à la forte demande de la part des lecteurs de faire de *Résidence Dokudami* une série hebdomadaire, à peine la série *Ducktail Yû* terminée, *Résidence Dokudami* paraît chaque semaine dans la revue *Shûkan Manga*.

Torenchi taun rokku [*Trench Town Rock*], Shûkan Manga, numéro des 8 et 15 janvier.

Otoko no hôkô '82 [*Le vagabond '82*], Shûkan Manga, numéro du 29 janvier.

Kaikisen III [*Tropique III*], Shûkan Manga, numéro du 12 février.

Ducktail Yû, *Young Magazine*, 5 numéros, du 15 février au 19 avril.

Ueiku appu ando ribu [*Wake Up And Live*], Shûkan Manga, numéro du 26 février.

Ano nukumori wo mô ichido [*Fais-moi ressentir cette chaleur encore une fois*], Shûkan Manga, numéro du 12 mars.

Tajigen uchû [*L'espace à dimensions multiples*], Shûkan Manga, numéro du 26 mars.

Îjî Kamufôto [*Easy Comfort*], Shûkan Manga, numéro du 9 avril.

Supuringu kânibaru [*Spring Carnival*], Shûkan Manga, numéro du 23 avril.

Reijî burûsu [*Lazy Blues*], Shûkan Manga, numéro du 7 mai.

San izu shainingu [*Sun Is Shining*], Shûkan Manga, numéros du 21 mai au 4 juin (3 épisodes). La série devient hebdomadaire à partir de ce numéro.

Wan faundêshon [*One Foundation*], Shûkan Manga, numéros du 11 juin au 2 juillet (4 épisodes).

Raiburî appu yuaserufu [*Lively Up Yourself*], Shûkan Manga, numéro du 9 juillet.

Sô macchi toraburu [*So Much Trouble*], Shûkan Manga, numéros du 16 au 30 juillet (3 épisodes).

Netafuri rôjin no higeki [*La Tragédie du vieux qui fait semblant de dormir*], Shûkan Manga, numéros du 6 et 13 août (2 épisodes).

Bad Trip III, Shûkan Manga, numéro du 20 août.

Kurêjî Samâ [*Crazy Summer*], Shûkan Manga, numéros du 27 août au 10 septembre (3 épisodes).

Konkurîto Janguru [*Concrete Jungle*], Shûkan Manga, numéros des 17 et 24 septembre (2 épisodes).

Misshitsu [*Chambre secrète*], Shûkan Manga, numéro du 1er octobre.

Nageki no 26 iyâzu [*26 années de lamentations*], Shûkan Manga, numéros des 8 et 15 août.

Pasu itto on [*Pass It On*], Shûkan Manga, numéros des 22 et 29 octobre (2 épisodes).

Yajû keiji no higeki [*La Tragédie de l'inspecteur bestial*], Shûkan Manga, numéro du 5 novembre.

Reberuzu hoppu [*Level's Hop*], Shûkan Manga, numéro du 12 novembre.

Kuraudo nain [*Cloud Nine*], Shûkan Manga, numéros du 19 novembre 3 décembre (3 épisodes).

Hareruya taimu [*Hallelujah Time*], Shûkan Manga, numéros des 10 et 17 décembre (2 épisodes).

Dapî konkarâ , Shûkan Manga, numéros des 24 et 31 décembre (2 épisodes).

Albums Mangas

Dokudami, la résidence du célibataire volume 5, mars ; volume 6, août.

Couverture du premier épisode de *Ducktail Yû* (Young Magazine, numéro du 15 février 1982).

1983 - an 58 de l'ère Showa (31 ans)

Déménage dans un immeuble près de la résidence Asakura. De l'image de Yoshio Hori, héros de *Résidence Dokudami*, la revue *Shûkan Post* lui commande un reportage sur les établissements de plaisir, mais en réalité, Fukutani n'avait jamais fréquenté ce genre d'endroit.

Le patron du bar Kuyo kuyo house lui présente Yûsaku Matsuda. Alors qu'ils se rencontrent pour la première fois, Fukutani se met en colère et tente de le frapper, mais ils finissent par bien s'entendre, et c'est le début d'une profonde amitié.

En octobre, une séance de signatures est organisée à la librairie Shirayuri, à Shimokitazawa. "En pensant me faire plaisir, des lecteurs m'ont offert des cigarettes et de l'alcool. Je suis vraiment Yoshio pour eux." (Interview de Takashi Fukutani tirée de *Manyû binbô manga taikei*, novembre 1999).

Lasuto Warutsu [*Last Waltz*], Shûkan Manga, numéro des 7 et 14 janvier.

Couverture du dernier épisode de *Ducktail Yû* (Young Magazine, numéro du 19 avril 1982).

un temps à Hiroshima avec sa belle-mère, mais il touche peu à peu à la cigarette et aux drogues (comme les dissolvants), et fréquente des jeunes délinquants. Vers la fin de sa première année, il commet un vol en compagnie de sa bande, mais en prenant la fuite, il se fait attraper par la police à cause de son surpoids et il est renvoyé du collège. Il est placé en liberté surveillée à Okayama, sa région d'origine.

1968 - an 43 de l'ère Showa (16 ans)

Au cours de sa liberté surveillée, il travaille pendant trois mois avec des amis dans une usine de papeterie d'Okayama. Comme il continue à semer le trouble, son voisinage le considère avec suspicion et il a du mal à trouver sa place. Pendant l'été, il propose à un collègue de l'usine d'aller ensemble à Tôkyô. Il travaille dans une entreprise d'outillage à Chiba, mais il revient au bout d'un an.

1969 - an 44 de l'ère Showa (17 ans)

Travaille pendant deux ans chez Sunami, un vendeur de camionnettes d'Okayama. Il aménage le grenier de la maison paternelle pour en faire une chambre individuelle, et passe ses journées à dessiner des mangas et à écouter du R&B, seul, en buvant de l'alcool. Il rêve de succès à Tôkyô et d'un retour triomphal dans sa région d'origine.

Tôkyô Adyû [*Adieu Tôkyô*], *Dax*, numéro de décembre 1978.

ANNÉES 1970

Bohemian Rhapsody. Tiré du numéro du 11 janvier 1979 de la revue Manga Goraku.

Jelly Roll Baker Blues. Tiré du numéro-double de février/mars 1979 de la revue Pafu.

1970 - an 45 de l'ère Showa (18 ans)

Apprend l'existence de sa vraie mère et, conduit en voiture par un ami, il va lui rendre visite après le travail. Il remonte à Tôkyô et trouve un emploi chez un vendeur de camionnettes de Shinjuku.

1973 - an 48 de l'ère Showa (21 ans)

Ayant donné sa démission, il travaille quelques mois dans un magasin de vêtements à Shikoku Takamatsu, mais il disparaît après avoir obtenu une avance sur son salaire.

1975/1976 - ans 50 et 51 de l'ère Showa (23/24 ans)

Habite à Araiyakushi. Travaillant dans des kiosques, comme à la gare de Takadanobaba, changeant sans cesse d'emploi, il retourne dans sa région natale dès qu'il n'a plus d'argent. Vivant au jour le jour, vendant tous ses vêtements, il lui arrive de se rendre à des jobs à la journée en manteau et pyjama, chaussé de sandales de W.C.

1977 - an 52 de l'ère Showa (25 ans)

Loue une chambre dans la résidence Okada, à Kôenji Minami. Il trouve des jobs dans des restaurants de gare, mais cela ne dure jamais plus de quelques mois. Il s'installe avec une femme rencontrée dans un live bar. De deux ans plus âgée que lui, elle est strip teaseuse et lui fait mener une vie de proxénète pendant quelques temps.

Dans une revue de mangas feuilletée dans la librairie voisine de son lieu de travail, il tombe par hasard sur une annonce de Yûkichi Yamamatsu, qui cherche un assistant, et va lui rendre visite. Nerveux, il s'enivre avant d'y aller, et n'est pas engagé pour cause de manque de technique ; cependant Yamamatsu lui remet le salaire d'une journée. Touché d'être payé pour une activité qu'il pratiquait par plaisir, Fukutani se met sérieusement au manga.

1978 - an 53 de l'ère Showa (26 ans)

Il dessine quelques récits courts, et se voit sélectionné dans la catégorie "bel ouvrage" de la revue *Dax*. Dans son profil, sans que l'on sache pourquoi, il écrit avoir 20 ans.

Tôkyô Adyû [*Adieu Tôkyô*], Dax (Seisuisha), numéro de décembre sélectionné dans la catégorie "bel ouvrage" au "Dax Manga School", deux pages sont publiées.

Tôkyô mujô [*Tôkyô sans rêve et sans cœur*]. Tiré du numéro du 12 avril 1979 de la revue Manga Goraku.

1979 - an 54 de l'ère Showa (27 ans)

Recommandé par Yukio Sakai, assistant de Yûkichi Yamamatsu, Takashi présente son travail à la revue *Shûkan Manga Goraku*. Il est embauché, et fait ses débuts avec *Bohemian Rhapsody*, qu'il a dessiné tout en travaillant sur les chantiers. Il présente également deux courts récits, mais leur atmosphère sérieuse et sombre, leur style trop *garo*[1] ne plaisent pas. Dépourvu soudain de commandes, il décide de changer de style et dessine *Koinrandorî* [*Coin Laundry*], un récit comique aux accents vulgaires, et le présente à des revues comme *Manga Goraku* ou *Manga Sunday*, mais l'histoire, trop "sale", est reçue avec incompréhension. Sur le chemin du retour, attiré par la pancarte "Le temple du manga" des éditions Hôbunsha, aperçue depuis le train, il présente son manga dans l'intention de le jeter si cela ne marche pas, mais il est accepté. Il se lie avec une femme rencontrée dans un bar de Koenji, qu'il épouse bientôt.

Bohemian rapusodî [*Bohemian Rhapsody*], Manga Goraku, numéro du 11 janvier, première œuvre publiée

Jelî rôlu beikâ burûsu [*Jelly Roll Baker Blues*], Pafu, numéro double de février/mars. Prix "Bel ouvrage" du "Pafu Manga Club".

Publication de 3 pages de son récit *Tôkyô Mujô* [*Tôkyô sans rêve et sans cœur*], Manga Goraku, numéro du 12 avril.

Koinrandorî [*Coin Laundry*], Shûkan Manga Times (Hôbunsha / suite abrégée par Shûkan Manga), numéro du 18 mai. Premier chapitre de *Dokushin apâto Dokudami sô* [*Dokudami, la résidence du célibataire*].

Good Vibration, Shûkan Manga, numéro du 18 mai. Publication simultanée de deux mangas, avec *Koinrandorî* [*Coin Laundry*].

Nugisute Bugi [*Strip-tease Boogie*], Shûkan Manga, numéro du 25 mai.

Kawaita Ame [*Pluie sèche*], Manga Goraku, numéro du 7 juin.

Horebore Bugi [*Coup de foudre Boogie*], Shûkan Manga, numéro du 22 juin.

Burûsu wo utawanaide [*Ne chante pas le blues*], Shûkan Manga, numéro du 6 juillet.

Za Kyôdai Jingi [*La morale des frères*], Shûkan Manga, numéro du 27 juillet.

Tôkyô Adyû [*Adieu Tôkyô*], Shûkan Manga, numéro du 10 août.

Sumairu fô mî [*Smile For Me*], Shûkan Manga, numéro du 31 août.

La résidence Asakura, premier lieu de résidence à Asagaya (photo prise en avril 2006).

[1] Garo : Revue japonaise spécialisée dans les mangas d'auteur et underground.

Kawaita ame [*Pluie sèche*]. Tiré du numéro du 7 juin 1979 de la revue Manga Goraku.

Îsuto kara no atsui kaze [*Un vent chaud venu de l'est*], Shûkan Manga, numéro du 21 septembre.

Sayonara wa bioron de [*Adieu au son des violons*], Shûkan Manga, numéro du 5 octobre.

BGM wa tameiki de [*Des soupirs pour musique d'ambiance*], Shûkan Manga, numéro du 26 octobre.

Kairakuteki fûfugaku nyûmon [*Initiation à l'étude conjugale des plaisirs*], Manga Comic, numéro du 1er novembre. Récit différent de celui de *Résidence Dokudami.*

Fûko, Shûkan Manga, numéro du 9 novembre.

Tomoyo kike ai no uta [*Mon ami, écoute la chanson de l'amour*], Shûkan Manga, numéro du 23 novembre.

Middonaito rarabai [*Midnight Lullaby*], Shûkan Manga, numéro du 14 décembre.